STORIA DELL' OSSERVAZIONE DEL CIELO

ALLE FRONTIERE DEL COSMO

饌

STORIA DELL'OSSERVAZIONE DEL CIELO

天空观测的历史

[意] 詹卢卡·兰齐尼 — 主编　[意] 达维德·塞纳德利 — 著

张　密　凌梦婕 — 译

SPM 南方传媒　广东人民出版社
·广州·

图书在版编目（CIP）数据

天空观测的历史 / （意）达维德·塞纳德利著；张密，凌梦婕译. — 广州：广东人民出版社，2023.9

ISBN 978-7-218-16507-3

Ⅰ. ①天⋯ Ⅱ. ①达⋯ ②张⋯ ③凌⋯ Ⅲ. ①天文观测—儿童读物 Ⅳ. ①P159-49

中国国家版本馆CIP数据核字（2023）第057002号

WS White Star Publishers® is a registered trademark property of White Star s.r.l.
2020 White Star s.r.l.
Piazzale Luigi Cadorna, 6
20123 Milan, Italy
www.whitestar.it
本书中文简体版专有版权经由中华版权代理有限公司授予北京创美时代国际文化传播有限公司。

TIANKONG GUANCE DE LISHI
天空观测的历史

[意] 达维德·塞纳德利 著 张 密 凌梦婕 译   版权所有 翻印必究

出 版 人：肖风华

责任编辑：王庆芳 方楚君 杨言妮
责任技编：吴彦斌 周星奎
特约编审：单蕾蕾

出版发行：广东人民出版社
地 址：广州市越秀区大沙头四马路10号（邮政编码：510199）
电 话：（020）85716809（总编室）
传 真：（020）83289585
网 址：http://www.gdpph.com
印 刷：北京中科印刷有限公司
开 本：889 毫米 × 1194 毫米 1/16
印 张：10.5 字 数：235千
版 次：2023年9月第1版
印 次：2023年9月第1次印刷
定 价：79.00元

如发现印装质量问题，影响阅读，请与出版社（020-85716849）联系调换。
售书热线：020-85716864

目录

观天史

卢卡·佩里

　　我们无法确定人类第一次观察天空以探寻知识是什么时候，即使设法找到一个被普遍接受的说法，也不可能真正地回溯科学的诞生。

　　但是，任何不赞同的人最后都会理解我想说的：近代科学诞生于 1609 年帕多瓦的一个凉爽的秋夜。

　　更准确地说，在那个晚上，比萨物理学家和天文学家伽利略·伽利雷做出了一个动作，这个动作可能在今天看起来很简单，但实际上在那时却是革命性的，把从荷兰运来并由他凭经验完善的"新眼镜"，也就是望远镜，转向了天空。在那之前，这个仪器只是朝向地平线的，目的是提前发现靠近的敌舰或部队。然而，伽利略已经感觉到，如果存在一个地方，缩短与其视线距离的能力是必不可少的，那么这个地方就在他的头顶之上。而且，随着这么一个快速的动作，伽利略将一个战争工具转变成一个科学工具。

　　伽利略首先决定观察一个天体，即月球。月球自古以来就能够激励人类，包括但丁·阿利吉耶里、卢多维科·阿里奥斯托这些杰出的人物。事实上，他不是第一个这样做的人，同年夏天早些时候，天文学家和数学家托马斯·哈里奥特将一个初级的光学管瞄向同一个目标。然而，哈里奥特的方式并不是革命性的，因为在科学中，光看是不够的，更需要观察。正如数学家、物理学家和修道士贝内代托·卡斯特利 [①] 所说的，伽利略的眼睛是"自然从未能造就的最高贵的眼睛"。

---

① 贝内代托·卡斯特利（Benedetto Castelli, 1578—1643），意大利著名数学家、物理学家，伽利略友人。

正如《星际信使》引述的，这双眼睛在那个秋夜观察到了"从未见过的东西"，我们的卫星——月亮，月亮不仅显示了肉眼可见的明亮区域和"大而古老"的深色斑点，还有其他"更小但却多到覆盖整个月球表面的深色斑点，尤其是在月球最亮的那部分，这些都是之前其他人没有看到的"。然而，伽利略的眼睛并不是因为目光敏锐或望远镜的助力而高贵，而是因为其走近科学的精神，挑战当时还占主导地位的信仰，是伽利略已准备好进行革命的信仰。

阿里奥斯托在他的诗篇中将月球表面描述为"不平坦、粗糙、有许多凹陷和突起，与地球表面差异不大，随着山脉和深谷而变化"；同样的，乔尔丹诺·布鲁诺[①] 也曾想象过月球表面的情景，但他们只是猜测。然而，伽利略正对月球进行观察，他有着"感觉经验"，这是一种直接经验，由于他的科学仪器所赋予的客观性，能直接展现支配月球的物理定律与地球相同，并且很有可能，这个定律支配着整个宇宙。这是一种与亚里士多德和托勒密的"地心说"观点形成鲜明对比的经验。

根据亚里士多德的说法，宇宙是由一种完美、不朽的物质组成的，在球体这样一个由极其完美的形式组成的系统中永恒运动。然而，地球是一个易腐烂的、不断变化的世界，生与死的交替与土、水、气和火的不完全混合有关。因此，由两种不同的物理学形成了宇宙的概念，过了许多个世纪，宇宙的概念加入了越来越多的神学元素，正因如此，人们无法对其质疑。

但是伽利略在 16 世纪的最后几年开始逐渐接受哥白尼的"日心说"体系，并且确信天体物理学和地球物理学之间的区别没有意义：毕竟，如果地球像其他天体一样绕太阳运行，那么为什么地球物理学会与天体物理学不同呢？

然而现在，他得到了证实。

贝托尔特·布莱希特[②] 在他的《伽利略传》中写道："今天是 1610 年 1 月 10 日，人类在日记里写道：今天我们把天废除了。"

此外，亚里士多德的物理学在哥白尼体系中的应用导致了一系列的悖论。因此，伽利略确信必须发展一种新物理学，在这门新物理学中，地球和月球在形态上相似，

---

① 乔尔丹诺·布鲁诺（Giordano Bruno, 1548—1600），意大利文艺复兴时期哲学家，由于支持"日心说"而被烧死在罗马鲜花广场。

② 贝托尔特·布莱希特（Bertolt Brecht, 1898—1956），德国戏剧家、诗人，著有《伽利略传》《四川来的好女人》等剧本。

是彼此的镜子。因此，"地球，对此感激，在最深的黑暗中，几乎每时每刻都将它从月球接收到的光完全还给了月球"。

伽利略利用一种更新的科学工具得出了这个结论。几个世纪过后，这个工具使得阿尔伯特·爱因斯坦详细阐述了狭义相对论，埃尔温·薛定谔①探索量子力学②的荒谬世界，即思维实验。

三个世纪后，科学哲学家伯特兰·罗素提出了一个概念，感觉经验不可及的地方，思维可以到达。然而，只有沿着感觉经验所勾勒的路线航行，依靠理性和客观的数学手段，理智才能避开直觉和偏见的礁石。

几个世纪以来，学者们一直对一种被称为灰光或二次光的现象感到疑惑，未被太阳光照射的月球部分总是被"微弱的亮光"照亮，当月亮看起来像一把镰刀时尤为明显。为了解释这种"微弱的亮光"，几个世纪以来学者们提出了各种说法，有人说月亮有它自己的自然光；有人则认为这是金星给予月亮的；有人认为这来自所有的星星；还有人则认为太阳光线会穿过月球的深层固体，所以光来自太阳。伽利略用他的思维实验推翻了这些假设，最后，他确信这种亮光是地球反射的太阳光所致，因此，地球并不像当时的科学所宣称的那样"缺少光"，而是"光彩夺目"。

如此，伽利略完成了《星际信使》，宣布他将在未来出版一部作品，并将"广泛地"探讨这个话题，而且"带着许多论点和实验"。这部作品在 20 多年后的 1632 年出版，标题为《关于托勒密和哥白尼两大世界体系的对话》。而且，正如我们所知道的，它导致教会对这位科学家进行了审判。

但是，在伽利略的一生中，经常要面对教会为自己辩护。17 世纪初，意大利鞋匠兼业余炼金术士文森佐·卡斯基亚罗洛在博洛尼亚群山之间的帕德诺山脚下发现了一块岩石。它不是一块普通的岩石，它是一种晶体，无色的多面体。他还发现，一旦岩石被碾碎并加热到高温，就可以吸收阳光，同时在一定时间内保持光亮。这种晶体作为博洛尼亚石流传下来，是一种重晶石，一种可以从中提取磷光化合物和硫酸钡的矿物。然而，在当时，它的发现引发了医生兼科学家福尔图尼奥·利切蒂和伽利略之间的激烈讨论。福尔图尼奥·利切蒂深信博洛尼亚石是月球陨石，借此批评伽利略的月

---

① 埃尔温·薛定谔（Er win Schrödinger, 1887—1961），奥地利物理学家，量子力学创始人之一。

② 量子力学为 20 世纪初创立的物理学分支，主要对微观物质进行研究。

球和宇宙观，利用伽利略的月球白光是地球反射的阳光的观点，破坏其学说的科学基础。

伽利略最漂亮的也最鲜为人知的作品之一是《在月球的白光上》，这是他 1640 年春天写给托斯卡纳利奥波德王子的一封信。已年老失明的伽利略口述这封信是为了"依据物理和数学理论"回应"最优秀的福尔图尼奥·利切蒂先生"的说法。信中带有讽刺和虚假的谦虚，这也一直是伽利略作品的特点。然而，作为对整个教学生涯长期思考的结果，基于我们如今定义的科学方法，在这封信中，仍可以找到伽利略方法的所有基本点，即数学的重要性，经验的可复制性，思维实验，反对普遍想法和个人偏见，反对谣言和我们现在所说的假新闻。

上图 伽利略在帕多瓦大学解释他的天文理论。（费利克斯·帕拉 画）

因此，我们可以将这封信视为真正的现代科学宣言。尽管取得了巨大的成就，现代科学仍是经常被低估、批评和反对的一门科学。如果四个世纪前，在那个凉爽的秋夜，没有那个人将好奇的目光转向天空，我们就不会拥有这样一门科学。

卢卡·佩里（Luca Perri）

意大利国家天体物理研究所天体物理学家，米兰天文馆讲师。负责利用广播、电视、印刷出版物、文化节以及社交工具等媒体平台进行科普活动。与意大利广播电视公司 Rai 电视台第三频道"乞力马扎罗"栏目、广播电台第二频道、DJ 电台、《24 小时太阳报》电台、《共和报》、科普杂志《焦点》《焦点》（青少年版）、意大利伪科学声明调查委员会、热那亚科技节，以及贝加莫科技节等多家媒体、组织机构、平台均有合作。参与 Rai 电视台文化频道"超级夸克 +"等节目的脚本撰写与主持工作。意大利德阿戈斯蒂尼学校（德阿戈斯蒂尼出版社下属教育机构）签约作家兼培训专员，与西罗尼出版社、德阿戈斯蒂尼出版社以及里佐利出版社等合作，出版有多部科普作品。其中，《太空谣言》一书获 2019 年意大利学生宇宙科普奖。

第
一
章

古代天文学

自人类出现在地球上以来，就一直为天空、日月星辰及其
循环往复的周期规律所吸引。随着时间的推移，天体知识
和相关仪器也在不断地发展，而人类专注求知的观天态度
却从未改变。

最古老的职业之一。对天体秩
序及其周期规律的认知在远古
时期已有表现。

自远古时代以来，人类便对天空心驰神往，这一结论有着无数的史前证据和历史记载。在古代文明之后，现代科学和当代天文学相继诞生。观察星空并不是专家们的专利，我们每一个人都能用自己的眼睛去认识恒星和星宿，但若能借助双筒望远镜及小型望远镜来观星觅云，便会锦上添花。

何谓天文学？

首先，我们要问：天文学是何时诞生的？答案取决于我们如何理解天文学。从广义上来讲，天文学即对宇宙进行观测的学问。但要注意的是，"观"不等同于"看"，看，只是随意地一瞥；而观，则更为专注。观，意味着怀有极大的兴趣和目的去钻研某样东西。若如此理解，那么天文学便如同人类的起源般历史悠久，可能与智人出现在同一时期甚至更加遥远，因为很可能类人猿也曾对天空产

生某种兴趣。

地球上的智慧生物对天空有着盎然的兴致，所以给予天文学一个更别致且有深意的定义是必不可少的。如此，我们需要借助词源学，天文学的名称来源于古希腊语"ἄστρον"（ástron）和"νόμος"（nomos），意思是"恒星"和"规则"。即剖析那些支配着日月星辰运行的规律。那这究竟是什么意思呢？"规则"一词，意味着和谐与秩序。如同在人类社会中，法律具有维持人与人之间的和谐与秩序的功能。同样，研究支配天体运行的规律，则是对天空存在规则的默认。所以古希腊语里宇宙（κόσμος）这个词就是秩序的意思，即天体运行是有秩序且可探析的。

月相^①有着其周期变化，而恒星则外表各异且位置固定不变。由此，运用一

上图 位于英国威尔特郡的巨石阵（Stonehenge），其修建是分几个不同段完成的，大约建于公元前 3100 年至前 1600 年。关于它是否曾用作天文台的这一推断不乏争议。巨石阵的主轴线指向夏至日出方位，而另外一边石头的连线则指向冬至日落的方位，这表明巨石阵发挥着"季节指示器"的作用。遗憾的是，建造巨石阵的人并没有给我们留下任何书面记录。

---

① 天文学术语。指从地球上观察夜空时，月亮因被太阳照亮的区域不同而产生的形状变化。

下我们的想象力，就能将邻近的星星联合起来形成夜空中的星座。星辰起落有着明确的地平坐标，并年复一年地遵循着周期性规律。如我们所知，行星是环绕恒星的天体，因此古希腊人将其称作 πλάνητες ἀστέρες（Planetes asteres），意思是：漫游的恒星。但同时，行星有着自己应当遵守的规则。比如：灿烂的金星，其出现可在黎明前或黄昏后，而在余下时间则时常难以寻觅。实际上，只要把握好行星运行规律，一切就会变得明了。在时间长河中，人们渐渐掌握了准确的天体运行规律。那么现代意义上的天文学始于何时？

回溯过往，确定日期并非易事。约公元前3000年苏美尔人发明了楔形文字，在此之前各个民族各有其记事方式。在智人 ① 出现之初就已对天空产生了浓厚的兴趣，这比天文学进入人类历史记载要早得多。但是，这并没有文字记录，因此

① 智人，Homo sapiens，生活在距今25万—4万年前。

我们要另寻史料，如实物、洞穴壁画和口头说法。但与现代人准确的日期记录有所不同，古人标注日期所用的方式十分随意。让我们一起看一下阿布里布兰查德骨头碎片。这件可追溯至公元前3万年的文物，出土于法国多尔多涅省，在其表面有69道切口，这些切口可能代表着月相周期变化。而在乌克兰的贡茨 (Gontzi) 出土的同期骨头上也有类似的痕迹。为了便携，这些文物都被雕刻成小件，在用途上与现代的日历别无二致。记录月相不足为奇，同太阳一样，月亮的运行也与四季息息相关，也正多亏了这种规律性，才能有更精准的时间记录。

同样是在多尔多涅省，拉斯科洞窟 (grottes de Lascaux) 则存有大量壁画。在其中一幅著名的壁画"公牛厅"中，绘有一只形象奇特的公牛。这只公牛背上的圆点与如今我们所熟知的金牛座天区上昴星团成员分布的位置十分相像。而在其附近的另外一只金牛的口鼻处和肩部也都发现了其他圆点，它们代表的是金牛座天区上别的恒星和该天区附近的猎户座。总之，这幅壁画距今已有15000年。除此之外，那些同星空相关且流传至今的口头说法，也能帮助我们回溯那些时代的夜空。总而言之，考古发掘告诉我们，现代意义上的天文学，即同星宿和天体运行规律有关的天文学，至少可追溯至3万年前。何况，还有许多的文物仍沉睡于广袤的大地之中，甚至已消逝在时间的长河里。

上图　行星，是围绕着恒星运转的天体，通常情况下十分明亮。在左上图，可以看见以银河为背景下的地平线、金星（最亮的那颗）和木星。在前景中的是欧洲南方天文台设在智利的拉西拉（La Silla）天文台。图片来源：欧洲南方天文台／兹德内克·巴尔东。

北斗七星和大熊座

　　尽管大熊座是最广为人知的星座之一，人们仍时常将它与北斗七星弄混。北斗七星固然是大熊星座最著名的星象，但它只是大熊星座的一部分。它位于大熊星座的背部和尾巴，同其他低亮度的恒星一起组成整个星座。有趣的是，在许多遥远的文化中都有关于这一星座的传说，比如说美洲原住民的其中一支——易洛魁人，在该民族的传说中，三位印第安猎人加上他们所追捕的熊，共同组成北斗七星的前四颗星星，同时三位猎人还形成了一个柄勺形状。这种说法也许是来源于地球自转引起的恒星周日视运动①，由此形成这种你追我赶、永不停歇的画面。然而在古罗马的传说中，北斗七星则是七头绕着北极星而旋转的牛（由于岁差运动，现今北极星同北斗七星的距离比它们在古罗马时代的要遥远得多）。在拉丁文中，"七头牛"这个词是 septem triones，即代表七头拉着犁的公牛，这也是意大利语中"北方"一词的来源。图片来源:《星际旅行》(保罗·卡尔奇德塞，Espress 出版社，2019)。

---

① 指从地球上观测到的恒星移动位置，主要由地球自转引起。

3万年前

　　现在，让我们假设自己是一个当时的人，回到3万年前或4万年前，并设身处地想一想，观天对那时的人来说意味着什么。主人公来自一个小村镇，村镇四周是旖旎的自然风景。他时常抬头望天，因为尽管已经掌握了用火，但夜晚的照明仍需借助灿烂的星光，但对他来讲，日常生活中的天空也不过是地平线的一边而已。在现代，人工照明对于我们来说司空见惯，而假期去看的那些令人震撼的高山与荒漠，也只是古代的寻常景色。此外，不同于天文学家和天文爱好者，普通人很少抬头观天，除非有特别的事情发生，比如发生日月食，或者流星划过天空的灿烂瞬间；然而我们的祖先却对那些寻常天象同样地感兴趣，甚至能从中发现规律。那么，他们对于大自然持何种态度呢？是如同我们一般将其收为己用吗？不太可能。尽管古人也掌握一定的技术，但这些技术都只是为创造实用工具而服务的，所以在技术应用的普遍性上与我们相去甚远。因此，我们可以得出以下结论：与我们支配自然的观念不同，在当时，人类与自然的关系是平等的，并将其自身视作自然的一部分。对于古人来说，天空只是自然在地平线上的延伸，人类、自然和天空是和谐的一体。直到后来，夜空上的星宿根据人

左图　人们对月相循环的研究饶有兴致，因为只要知晓其规律，就能以此得知月份并标记时间。左图为一轮新月。图片来源：欧洲南方天文台 / 安迪·斯特拉帕佐恩。

上图　北极星（小熊座 α）是最靠近北天极的一颗恒星。上图在尼泊尔拍摄，地球绕地轴自转使得我们产生群星绕着北极星而转的错觉，且由于长时间曝光，北极星留下了拱形的痕迹。图片来源：安东·扬科维 。

类的想象成了不同的人物、动物、器具与河流。这种以人类自身去度量天空并将其具体化的想法，不仅是人类自身及其愿望的反映，也彰显了其行为准则。如此一来，天地相映成趣，天空上便也有着人类、动物、器具与河流。

陆地自然因人类的诞生、发展和迁移而瞬息万变。有时，由于火灾和洪水等威胁人类生存的极端现象，其自然规律会发生改变。而天空则一如既往地严格遵循其自身规律，月相变化也将一直持续下去。

天空是秩序的王国，也是自然的一部分，它映照着凡尘，却也是神仙和英雄的住所，在这种基础上，星座诞生了。它们的原型囊括了各种器具、动物、人物，其中有些至今依然流传。

对黑暗的恐惧

促使古人创造出星座的主要原因之一就是这种恐惧，也许最为古老的恐惧，即对黑暗的恐惧！对于现代人来说，这种只为孩提所惧的原因则略显荒唐。但在先祖时代，对黑暗的恐惧却人皆有之，这是一种自然选择，在那个没有照明的时代，危险往往隐藏在黑暗之中，比如说飞禽猛兽。由此，在夜幕降临时，古人不得不躲进安全的村庄中。他们还将夜空上的星座人格化，以抵抗这种本能的恐惧。

上图　金牛座是最容易识别的星座之一。这要归功于图的下方那颗明亮的橙色星星，它是该星座中最亮的恒星——毕宿五，它同毕宿一共同组成金牛的眼睛。在图中，被蓝色星云所包围着的是昴星团，而红色细长的则是来自英仙座的加州星云。图片来源:《星际旅行》(保罗·卡尔奇德塞，Espress 出版社，2019)。

天空的用处

　　天空能向人类提供许多实质性的帮助，其中就包括方向的指引。比如说，我们可以观察那些在地平线同一方位上日常升落的恒星，或永不没入地平线以下的拱极星，再或者那些位于天极附近移动有限的甚至同北极星一样静止不动的恒星，并以此来定位。古人已经掌握了如何利用恒星来做导航，特别是在如海洋、沙漠和苔原这些没有指引参照的地方。星座，是成群结队的恒星，它能帮助我们找到附近的单星①。寻找一颗暗淡的恒星绝非易事，但当这颗恒星置身于特定的星座或者星群时，一切便能迎刃而解。例如，与大多数恒星一样，北极星只有中等亮度，但因它位于"小北斗七星"的末端，且落在北斗七星斗口两颗星星连线的延伸方向上，于是乎我们便能快速地找到北极星。

　　此外，星座还有另一个用途。由于地球公转轨道有着季节性变化，所以星座

---

①　天文学术语。指不与任何其他同类星体形成聚星系统的单一天体。

也有四时变化，这点将在稍后章节中另作讨论。不同的星座在四季变化中有着相异的表现。比如说，当北落师门[①]于日落后自东南方升起，那就代表着早秋将至。而猎户座在日落后升起，则是秋去冬来的标志，如此类推。

现在，也许你有这么个疑问，既然智能手机能随时更新准确的日期，何必还要通过恒星来推算四季呢？因为在手机出现之前，我们使用的日历便是通过观察日月星辰在天空中的位置变化的周期性而创制的，而祖祖辈辈也是利用这种周期性得以确定天文历法来标记四季更替。为什么了解所处的季节是重要的事情呢？对于现代人来说，便是方便我们推算出还得过多久才能过生日或放寒暑假。但是对于古人来说，则是为了掌握农时。自1万年前出现农业生产起，通过天象来确认春种秋收的时间便是一件十分重要的事情。比如说，室女座中最明亮的那颗恒星是角宿一（Spica），而另一颗则是太微左垣四（Vindemiatrix），在拉丁语中的意思分别是"麦穗"和"葡萄采摘者"。同时，在文学作品中有许多与天空有关的描述。例如：赫西俄德[②]在《工作与时日》中写道，当阿特拉斯之女昴星团在黎明日出前升起之时，就是最佳的收割时间。而西方地平线被光照亮之时，便是最佳的收获时间。

---

① 北落师门（Fomalhaut），是南鱼座最明亮的恒星。
② 赫西俄德（Hesio），古希腊诗人，著有《工作与时日》等。

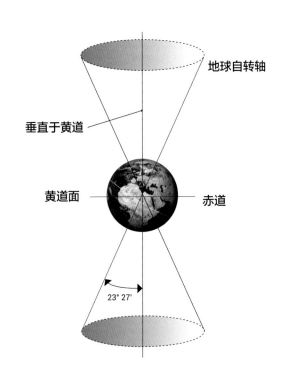

拓展阅读
南北两极的极星们

北极星位于小熊星座的末端，其距离北天极的角度差不到1°，北天极是地轴指向天空并与北天球相交的一点。但这一点并非亘古不变，地轴因春秋分的岁差运动而产生移动，这种移动路线会形成一对分别指向两极的圆锥，其旋转周期为25800年。如今地轴指向小熊座 α 附近，但它过去和将来也还指向

右图 地轴的岁差运动使得轴线移动，这种移动的路线可构成一对圆锥，其旋转周期为25800年。为此，北极星和南极星将不停地变换更迭。

地球自转轴
垂直于黄道
黄道面
赤道
23° 27'

天河

回溯古代，我们将看到历史是如何推动人类夜观星象的。在许多文化中皆有体现天地相连的理念，银河更是反复出现的主角，皆因河流在许多民族的文化中扮演着生命之源的角色，所以它一直是文明史上的"常驻选手"，恰如尼罗河之于古埃及，对于古埃及人来说，银河是尼罗河在天空中的化身，除此之外还有更多例子。比方说，有不少人认为吉萨金字塔群的三大金字塔是猎户座腰带上三颗恒星在人间的再现。关于吉萨金字塔的建造一直充满争议，但若说同外星生物有关，却也是异想天开了。在早

上图 疏散星团昴星团。中间最明亮的那簇群星肉眼可见。图片来源：达维德·马丁欧洲航天局／欧洲南方天文台／美国国家航空航天局。

期文明中，有着不计其数的纪念碑用于记录天文现象（比如在每年冬至与夏至之时，太阳在地平线上升起与降落的方位）。古埃及人以星宿确定日期，当天狼星和太阳在黎明时分同时升起时，便昭示着尼罗河一年一度的泛滥将要来临，这对于当时的农业有着举足轻重的影响（如今，这种偕日升现象出

别的恒星。在未来的几千年内，仙王座（Cefeo）的少卫增八（Errai）、上卫增一（Alfirk）和天钩五（Alderamin）将会分别成为北极星。而在9000—11000年，取而代之的则是天鹅座一等亮星——天津四（Deneb），届时它距离极点的角度差为7°。在一系列的北极星中最明亮的是织女星（Vega），它将在14000年左右轮值为北极星，距离极点的角度差为5°。而在南天极也有着相差无几的情况，如今它附近的暗星南极座σ（Sigma Octantis）仅仅可见，但在14000年左右即当织女星成为北极星之时，它的位置将会被亮度更高的老人星（Canopo）取代，但届时它离南天极依旧有着8°的角度差。

上图 根据北天极移动所绘出的圆圈，其中数字代表年份。比方说，在4000年时担任北极星一职的是仙王座的少卫增八（Errai）。在14000年，这个职位将交由天琴座（Lira）的织女星（Vega）来继承。图片来源：Tauolunga（CC BY-SA 2.5）。

右上图　位于智利拉西拉天文台 3.6 米望远镜上方的银河。图片来源：Y. 别列茨基（LCO）/ 欧洲南方天文台。

右下图　猎户座腰带上的三颗星星：坐落在右上角的是参宿三，在中间的是参宿二，位于左下角的是参宿一。有一种说法，吉萨金字塔群正是对这三颗恒星的重现。图片来源：达维德·马丁欧洲航天局 / 欧洲南方天文台 / 美国国家航空航天局。

现在圣母升天节 [①] 前后，且由于地轴的岁差运动，其发生将逐渐提前至夏至时分）。

在许多文明中，银河也可称作天河。譬如：古代中国，由牛郎星和织女星衍化而来的两个相爱的青年，因横亘天际的银河而痛苦地分隔两岸，一年只能相遇一次。而希腊人的故事则有所不同，赫拉克勒斯是神王宙斯与阿尔克墨涅的儿子，刚刚出生的他被带到神后赫拉身边，趁其熟睡借机吮吸乳汁。惊醒的赫拉将赫拉克勒斯推开——喂养丈夫的私生子可不是一件痛快的事情，于是乳汁洒向天空中形成了银河。有趣的是，意大利语中"银河"——galassia，正是来源于希腊语 γαλαξίας，即"牛奶的" [②]。此外，南非布希曼民族也诗意地将银河称为"黑夜的脊椎"。

天空之舟

在毛利文化中，银河是一只细长的独木舟。而这只独木舟在天上干什么呢？在很久以前，毛利民族的大神塔玛·蕾蕾蒂 (Tama Rereti) 乘坐这只独木舟在湖上经历了令人难以置信的事情。那时的天空中没有星星，到处漆黑一片，在湖中还有会趁黑吃人的海怪。一天，塔玛·蕾蕾蒂没能来得及在天黑之前赶回村，还在河岸边捡拾闪烁着落日光辉的鹅卵石；而后他乘着独木舟，顺着由湖水流出的一条大河腾空而驶，来到了天上，并向四处撒落那些发光的鹅卵石。如此一来，独木舟航行留下的痕迹变成了银河，而鹅卵石则变成了漫天群星。天空之神拉诺斯 (Ranginui) 对此拍案叫绝，并要求塔玛·蕾蕾蒂将独木舟沿着银河轨迹抛锚在半人马座 α，半人马座 β，南十字座。

动物圈

在满天的星座中，至少有 14 个是大家都听说过的，大熊星座、小熊星座和黄道十二星座——这个名词来源于希腊语，指"动物圈"，因为其中 11 个都是生物的衍生，人（比如室女座）、动物（比如金牛座）和神话人物（比如人马座），而天秤座是唯一的例外。为什么这些星座如此广为人知呢？金牛座和天蝎座，因其最亮恒星的亮度在群星中名列前茅而备受关注。而其他的星座，比如宝瓶座和双鱼座，则因缺少亮星而难以察觉。而在地球上的我们，则会将地球绕太阳公转，误认为是太阳绕地球而转。而公转形成的视路径则被称为黄道，它是地球公转轨道在天空的投射，而由于黄道十二星座沿黄道排列，便看起来是星座们逐一"接待"太阳。再加上，月亮和行星的位置也都处于黄道附近，所以比起其他星座来说，黄道星座更受世人的关注。

诚然，这种相近只是一种视觉现象。譬如，尽管天空中的木星与天蝎座里最明亮的那颗星——心宿

---

① 圣母升天节（Ferragosto），也称八月节，是天主教国家的传统节日，在每年 8 月 15 日举行。

② 因此，早年间翻译界一度将一些西方国家对银河的命名，译成"奶路"。如英文中的"Milky Way"和意大利语中的"Via Lattea"。——译者注

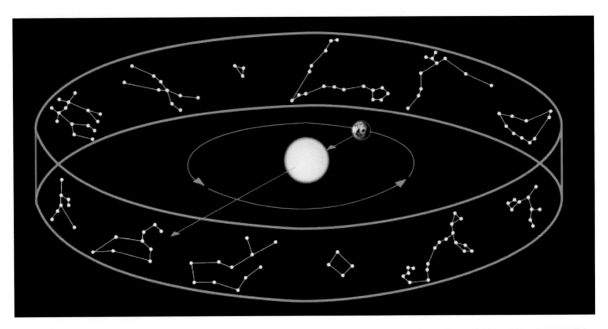

上图 太阳于一年内在黄道星座中所走的视路径。通过从地球上观察，我们将会看到太阳投影所指向的星座。图片来源：彼得·克里斯托弗鲁，astronomytrek.com 。

上图 泥板文献 MUL.APIN 的第一页，藏于大英博物馆。图片来源：大英博物馆（CC BY-SA 4.0）。

二（Antares）看上去位置相近，但二者毫不相干：木星距地球不足一个光时 [1]，而心宿二则与地球相距 550 光年，足足有 600 万倍的差距。总之，黄道星座能帮助我们更好地寻找夜空中的行星。至于占星术预测，可想而知是毫无价值的，这种胡言乱语的笼统话术只会因凑巧而成真。没有任何一种预言能信誓旦旦地告诉我们明天何事发生于何时。而同时，记载了大量天文现象的占星术极具历史文献价值，我们应把它作为古人同天空联系的证据，并将其占星预测的"功能"先置于一旁。

经过对黄道星宿的仔细研究，古巴比伦人划分出了 18 个星座，如金牛座、螃蟹座（即巨蟹座）、狮子座和天蝎座，这些星座都沿用至今。而别的，如双鱼座 [2]（Le Code）、天燕座 (La Rondine)、

① 长度单位，表示光在真空中一小时的行走距离，一光时相等于 10^{13} 次方（用次方数字表示）米。

② 在古巴比伦星座中，双鱼座的形象是人鱼和飞鱼的鱼尾结合。

英仙座（Perseo）等则被后人删减，只剩下如今的 12 个星座。后来，希腊人在继承古巴比伦星座的基础上也稍作改动，苏美尔－巴比伦的天文系统对金牛座早有记录，但在古希腊时代，牛则成为神话故事中神王宙斯为绑架美丽的欧罗巴而化身成的形象；而海山羊则被改名为有着羊头鱼尾形象的摩羯座。另外，双鱼座的形象也有革新，如此等等。

事实上，从古代沿用至今的黄道星座不只是 12 个，而是 13 个（蛇夫座——位于天蝎座和人马座以北，它也会被太阳和其他行星穿过）。诚然，传统的黄道星座只有 12 个，这是巴比伦天文学家设定的，他们将黄道划分为 12 个区域，以找到与 12 个月的对应关系，并确保太阳在每个区域都能"娱乐"大约一个月。

拓展阅读
苏美尔－巴比伦天文学

苏美尔－巴比伦文明取得了令人惊叹的成就。苏美尔人在数学方面成绩卓然，发明了如定位数系、乘法表、算盘，以及那个如今仍被广泛应用于计算分钟和秒钟的 60 进制（基座 60）。此外，苏美尔人也将其继承的星座传给了后代，例如猎户座、金牛座和天蝎座。后来，在考古学家所发现的天文学文献 MUL.APIN 中印证了古巴比伦人对天空的系统认识。在这份文献之中，天空被记录成南、中、北三路天道，并划分出了 66 个星座，还提供了这 66 个星座和其他单星的可视周期指示。该文献可以追溯至公元前 1000 年，它的名字意思是"犁"，所指的是当时 66 个星座中的第一个，即现今的三角座并上仙女座 γ 的前身。在文献中还涉及古巴比伦的其他星座、行星的可视周期信息、数学研究，以及当时盛行的占星预测。

希腊人与科学天文

在人类很多科学领域里，希腊人都做出了举足轻重的贡献，其中就包括天文学。而在希腊文化全盛时期，天文学更是达到了顶峰。多亏了几何的出现，使得公元前 3 世纪的阿里斯塔克[①] 能进行月地距离的测量，尽管其得出的数据有 15%~30% 的误差，但已是那个年代所能达到的极限了。他还曾测量过日地距离，并计算出日地距离比月地距离要远上 20 倍（实际上是 400 倍）。尽管数据并不准确，但其设计的计算方法从几何上来说是完美无瑕的，只是他缺少能测得精确数值的仪器罢了。通过结合太阳的表观尺寸和日地距离，就能计算出太阳的尺寸，由此阿里斯塔克得出了太阳的直径是地球的 5 倍。尽管正确的数据应是 109 倍，但这至少表明了阿里斯塔克明白了太阳比地球更大的这个真理。阿里斯塔克的日心说模型继承了毕达哥拉斯学派[②] 的理论，在这个模型中地球围绕太阳公转的同时也在自转，而这种说法的提出比哥白尼足足早了 1800 年。而针对地球公转时恒星似乎并未移动的疑问（即"恒星视差"），阿里斯塔克也有回答：恒星同我们有着弱水之隔，所以恒星移动难以察觉。至于他对恒星是遥远的太阳的这一猜测，也是完全有道理的。

尽管日心说在古代也曾有发展，但到了古典时代晚期和中世纪却停滞不前，这个现象可以归结于柏拉图、亚里士多德、克罗狄斯·托勒密三位大家，因为他们都主张以地球为宇宙中心的地心说。在亚里士多德－托勒密地心体系中，太阳、月亮和各行星分别在 7 个同心球面上围绕着地球旋转，并一起被最外层的固定恒星所包围。托勒密所著的《天文学大成》（*Mathematike Syntaxis*）对后世有着举足轻重的影响，该书曾被译为阿拉伯文，题为 *Almagesto*。跟相当一部分希腊文化一样，《天文学大成》也是经由阿拉伯人的保存和翻译才得以传给后代。除了地心说之外，亚里士多德物理学对后世也产生了极大的影响，在其物理学中，世界由四种元素所组成，它们分别是：土、

---

① 阿里斯塔克（Aristarco di Samo，公元前 310 年—前 230 年），古希腊天文学家、数学家。

② 毕达哥拉斯学派，公元前 600 年—前 500 年由古希腊哲学家毕达哥拉斯创建的学派，提出"中心火"理论，认为"火"才是最圣洁且位于宇宙中心的东西。

右图 阿里斯塔克，希腊数学家、天文学家、物理学家。率先提出了"日心说"模型，即宇宙的中心不是地球，而是太阳。

水、气、火，而第五种元素则是构成天域的第五种基本物质"以太"。由此，亚里士多德明确地将天上地下区分开来。此外，但丁的宇宙观也正来源于此。尽管亚里士多德的观念冠绝一时，但阿里斯塔克的日心说模型才真正地代表了希腊文化的巅峰，只不过他也如同千千万万人一样被遗忘在历史长河中罢了。

现在让我们再来认识一位伟大的希腊天文学家——喜帕恰斯[①]，他通过观察日食测算出了地月距离。在公元前129年的一次日食，他发现从达达尼尔海峡[②]能观察到完整的日全食，而从埃及的亚历山大城

---

① 喜帕恰斯（Hipparchus，公元前190年—前125年），古希腊天文学家、数学家。

② 达达尼尔海峡（Dardanelles Strait），土耳其海峡的一部分，是亚洲与欧洲大陆的分界线之一。

蛇夫座

蛇夫座，也叫捕蛇人，表现的是药神埃斯库拉皮奥(Asclepio)和伊斯卡尔普奥（Esculapio）。蛇夫手中握着一条蛇，这条蛇便是巨蛇座，这个星座意味着重生（现在欧洲药房的标识就是一条蛇）。如今太阳在11月30日到12月17日间经过蛇夫座（短时间内可认为不变），所以那些在以上时间段出生的人，他们真正的星座是蛇夫座，而非人马座。若你是刚得知自己是蛇夫座也无需感到难过。这些都是古人运用自己的想象力，基于太阳运行而得出的恒星图像，无论是蛇夫座还是人马座都无伤大雅。此外，由于地轴的岁差运动，大众所熟知的星座月份其实比太阳真正进入对应星座的时间提前了约一个月（见下表）。

太阳经过黄道星座的真实时间

星座	日期	太阳停留天数（天）
白羊座	4月19日—5月13日	25
金牛座	5月14日—6月19日	37
双子座	6月20日—7月20日	31
巨蟹座	7月21日—8月9日	20
狮子座	8月10日—9月15日	37
室女座	9月16日—10月30日	45
天秤座	10月31日—11月22日	23
天蝎座	11月23日—11月29日	7
蛇夫座	11月30日—12月17日	18
人马座	12月18日—1月18日	32
摩羯座	1月19日—2月15日	28
宝瓶座	2月16日—3月11日	24
双鱼座	3月12日—4月18日	38

上图　阿波罗11号宇宙飞船在月亮上拍摄的地球。这是对古代天文学家魅力无穷的逆向全景图。图片来源：美国国家航空航天局。

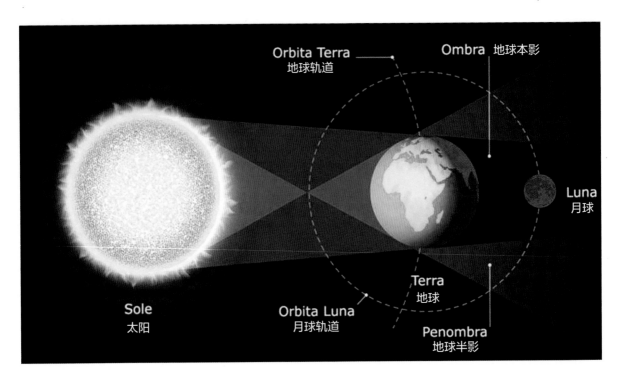

上图　月食示意图。距离与尺寸未按比例。

（Alexandria）则只看到了 4/5 的日偏食。他已知这两地之间的距离，再以日食的变化为基础，从而推算出月亮的视差，由此得出的地月距离与实际数值十分接近。同时，喜帕恰斯还制作了一份以亮度为排序标准的星表，它是现代星等概念的灵感之源。此外，根据一些记载分析，他还发现了前人的观察成果，即分点岁差。

　　对以上伟大发现的分析到此为止。古希腊文化灿烂辉煌，事事剖析实属天方夜谭，让我们接着来看别的例子吧。埃拉托色尼[①] 测量出地球周长，德谟克利特[②] 猜想银河是由无数颗暗星所组成的（德谟克利特提出该原理的时间比伽利略还要早 2000 年），德谟克利特同伊壁鸠鲁[③] 曾宣称宇宙中有无数个世界——因为虚空中的原子是永恒不灭的，所以由原子构成的宇宙也会万世长存，而这两位古代哲学家的观点也于 2000 年后在接二连三的系外行星发现中得到了佐证。天文科学诞生于希腊化时代的希腊[④]，遗憾的是它竟被这个世界遗忘了那么长的时间。

---

① 埃拉托色尼（Eratosthenes, 公元前 275 年—前 194 年），古希腊数学家、天文学家，被誉为"地理学之父"。

② 德谟克利特（Democrito, 公元前 460 年—前 370 年），古希腊自然派哲学家，是"原子论"的创始人。

③ 伊壁鸠鲁（Epicurus, 公元前 341—前 270 年），古希腊哲学家。

④ 指古希腊从公元前 323 年亚历山大大帝逝世，至公元前 146 年被罗马并吞为止的一段时期。在这段时期，地中海东部文明受希腊文明的影响，逐渐形成新的特点。

视差

从两个不同距离的视点上观察同一个物体所产生的位置变化与差异叫作视差。让我们伸出手臂并举起拇指，然后分别用两只眼睛去看我们的拇指，我们就能看到此时拇指和背景发生了相对位移。现在，我们手臂半屈，拇指离眼睛更近一点，我们会发现这种位移更明显了。所以，视差取决于距离，当距离增大，视差相应地减小。以此类推，通过两个不同的视点去观察某个天体并运用三角法运算，便可得出该天体离地球的距离。

拓展阅读
阿里斯塔克与地月距离

阿里斯塔克通过观察月食测算出了地月距离。假设是月全食，即月亮经过地球本影[①]的中心，然后计算出这一经过所耗时间。如果我们假设太阳比月亮远得多，就可以想象地球影锥的圆截面面积随着与地球间的位移而缩小，而地球在月亮上的阴影大小等于地球本身。通过观测月食时的月亮经过地球阴影的时间，推导出月球的运行速度，得出地球直径和月亮经过地球阴影时间的比率。至此，答案呼之欲出，通过观察月亮绕地球运转一圈所需的时间，并将该时间与其运行速度相乘，这样就可以得出月亮轨道的周长和半径（假设月亮绕地球运转的轨道是圆形的）。我们注意到，阿里斯塔克测量了月亮绕地运转轨道的半径，因为他还不知道地球的半径绝对值，而地球半径的准确数值则是几十年后由埃拉托色尼测出来的。

①　天文学术语。指日月食期间，地球因其太阳光源被遮挡而形成的影子。

红月

    该照片记录的是2015年9月28日的月全食全过程。在全食阶段，当月亮完全进入地球本影的时候（本图中心），月亮呈暗红色，而非漆黑一团。这是因为经过大气层折射和散射后，太阳光中的红光照射到了月球表面。其实在月全食阶段中，月亮本身比我们在照片中所看到的要更加暗淡，但多亏了照片的长时间曝光，我们才能欣赏到如此清晰明亮的月全食。

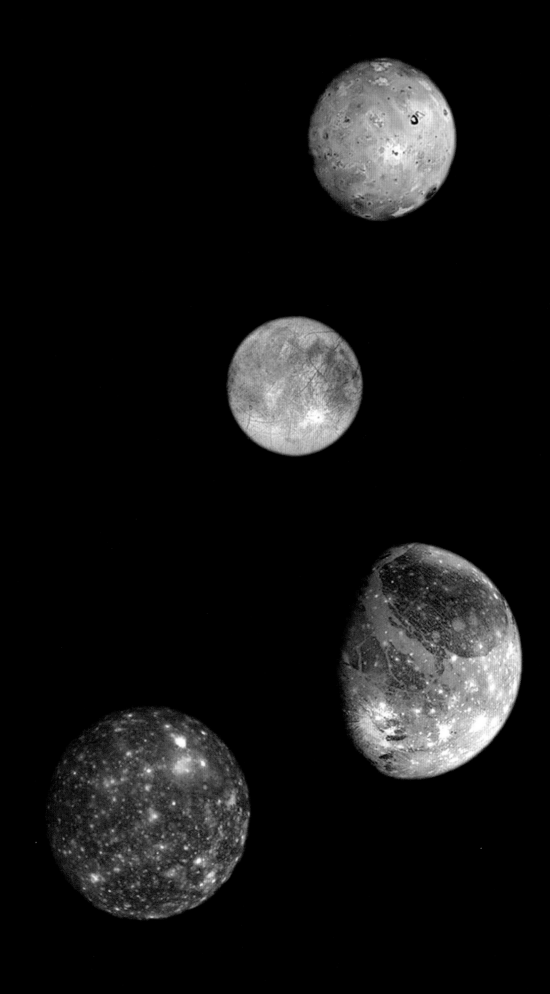

第二章

近代天文学：从科学革命到天体力学

哥白尼、开普勒、伽利略和牛顿，都是曾在现代天文学等
领域做出过斐然贡献的科学家。

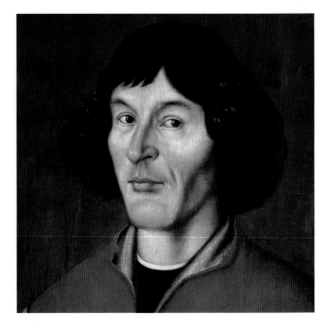

NICOLAI CO
PERNICI TORINENSIS
DE REVOLVTIONIBVS ORBI-
um cœleſtium, Libri VI.

Habes in hoc opere iam recens nato, & ædito,
ſtudioſe lector, Motus ſtellarum, tam fixarum,
quàm erraticarum, cum ex ueteribus, tum etiam
ex recentibus obſeruationibus reſtitutos:& no-
uis inſuper ac admirabilibus hypotheſibus or-
natos, Habes etiam Tabulas expeditiſsimas, ex
quibus eoſdem ad quoduis tempus quàm. facilli
me calculare poteris.Igitur eme, lege, fruere.

Ἀγεωμέτρητος οὐδεὶς εἰσίτω.

Norimbergæ apud Ioh. Petreium,
Anno M. D. XLIII.

上图　哥白尼画像。现藏于波兰托伦市市政厅，波兰托伦市为著名天文学家哥白尼的故乡。

左图　哥白尼《天球运行论》第一版（1543 年）扉页。

上页图（左图）　绕木星转动的四颗明亮的卫星，由天文学家伽利略发现。这是一张由多个星际探测器所拍摄的蒙太奇图像。四颗卫星从上到下分别是"艾奥"（Io）、"欧罗巴"（Europa）、"加尼美得"（Ganymede）和"卡里斯托"（Callisto）。图片来源：美国国家航空航天局 / 喷气推进实验室 /DLR。

　　让我们暂时离开古希腊，随着时代的步伐来到充满惊喜的一年——1543 年。在这一年，尼古拉·哥白尼发表了有史以来最具影响力的惊世之作——《天球运行论》（*De Revolutionibus Orbium Coelestium*）。诚然，在此之前的 1500 年间，天文学也并非毫无进展。中世纪期间，亚里士多德 - 托勒密地心体系早已在欧洲深入人心；但与此同时，日心说也非昙花一现，而是在欧洲以外的地方生根发芽。比如，在阿拉伯文化中，同相当一部分的古希腊文化一样，日心说得到了长足发展，继而传给了子孙后代。但自 16 世纪开始，这种情况改变了。在人文主义思潮出现后，一种能重新解释世界的新知识体系横空出世。这种体系体现了对古希腊文化的复兴，不仅将人重新置于世界的中心，还促进了人类对世界的理性思考。随着这种新知识体系的传播，以哥白尼《天球运行论》为起点的"科学革命"诞生了。在这本书中，哥白尼提出了日心说，他将地球从宇宙中心的位置上推落下来，使它沦落为一颗平平无奇的行星，同时又让太阳登上这一至尊地位。此外，哥白尼了解阿里斯塔克的日心说，但是对其模型的细节多有质疑，还对那个时代经由阿拉伯人流传下来的日心说的内容也有不同看法。

　　总之，哥白尼支持日心说。他认为，太阳位于宇宙中心静止不动，地球围绕太阳公转的同时也进行自转；与此同时，月亮则围绕地球运行，并随地球一起围绕太阳运转。而且，四季的出现是地轴倾斜而非垂直于公转轨道的缘故；此外，只要假设恒星围绕太阳的公转周期各不相同，那行星逆行的情况便能解释得通了，这个现象可曾难倒了不少支持地心说的天文学家[1]。

　　什么是行星逆行？当外行星"冲日"[2]现象发生时，该行星与太阳会分别位于地球的两侧。此时，以恒星为参照物，则会观察到一向进行自西向东"顺行"运动的行星，开始自东向西的"逆行"运动。同样，行星逆行的情况也会发生在下合[3]时期的内行星——水星和金星身上，届时它们处于地球和太阳之间。那么，开头的那个问题就变得明朗起来了，以地球为参照物，由于地球运行速度比外行星快，且周期性地超过了外行星，那这颗行星看起来就像是在后退。就像当我们在高速公路上行驶，一旦我们的车速比旁边的车更快时，我们就会发现旁边的车似乎在后退。因此，实际上外行星的前进方向并未发生变化，只是由于地球运行速度更快，所以地外行星看上去是相对后退而已。至于内行星逆行，也是一样的道理，因内行星运行速度比地球更快，且在某点上超过了地球，于是它看上去就像是后退了一般。在

---

① 因地心说无法解释行星凌日和逆行现象。

② 天文学术语。以地球为基准，观察另一个天体与太阳的相对位置，当三者处于一条直线上，且地球位于该天体和太阳中间时，该天体的位置相对于太阳的位置，称为"冲"。

③ 天文学术语。当太阳、行星和地球位于同一直线上，即三者黄经相等时，称为"合"。以地球－太阳－金星/水星的顺序三者连为一线，则称为上合，以地球－金星/水星－太阳的顺序三者连成一线，则称为下合。

上图　火星逆行尤其引人注目。该图像摄于 2015 年 12 月到 2016 年 9 月，即 2016 年 5 月 22 日火星冲日前后，每隔几日成图一次。自顺行运动（图中自右至左）的某一个点后，火星即开始了为期数月的逆行运动（图中自左至右）。图中，火星逆行轨迹左侧的是于 2016 年 6 月 3 日冲日的土星的轨迹。图片来源：屯茨·泰泽尔（TWAN）。

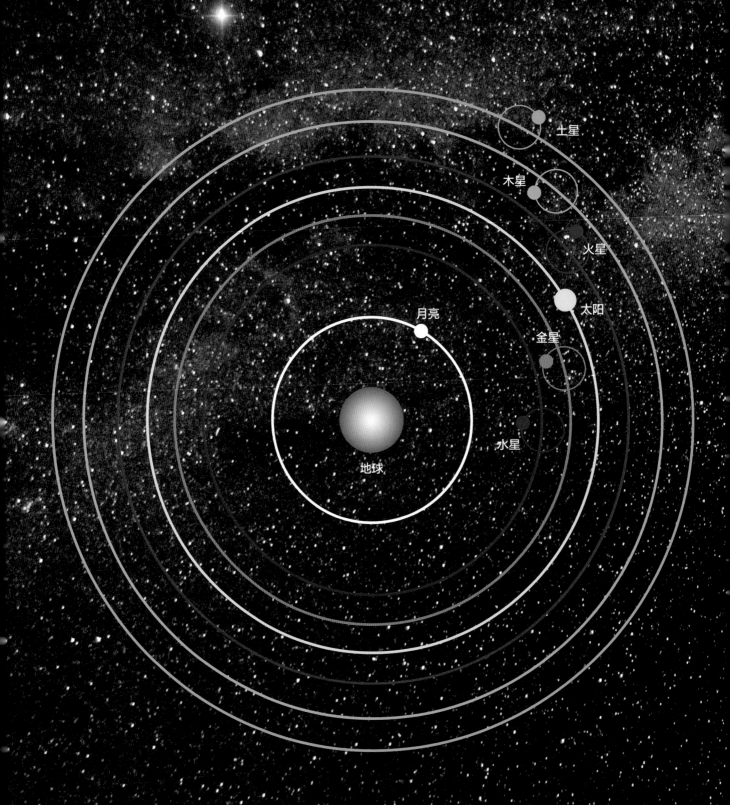

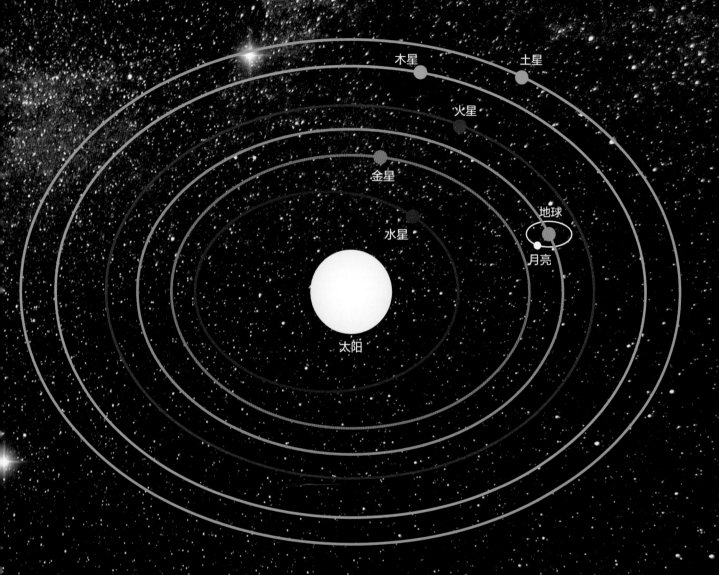

木星　土星
火星
金星
水星
地球
月亮
太阳

地心系统与日心系统

　　左图为地心模型。在该模型中行星绕着本轮运行（小圆圈），而本轮中心的运行轨道则为均轮（大圆圈）。太阳（黄色）和月亮（白色）则直接绕地球做匀速圆周运转。上图为开普勒所提出的椭圆轨道日心体系（该图为强调椭圆形，所以放大了应有的椭圆偏心率 ① ），在该体系中地球围绕太阳运行，月亮围绕地球运行，二者一起环绕太阳运动。而在哥白尼日心体系中，虽则行星围绕太阳运行也是依托本轮和均轮，但轨道却依旧是圆形的。

———————————

① 当椭圆偏心率越小时，椭圆就会越接近正圆；当椭圆离心率越大时，则相反。

地心说模型中，按照一切天体都是围绕地球而运行的逻辑，行星逆行就成了一个无法解释的现象。尽管如此，古希腊天文学家①还是提出了一个解决方法，即假设行星并不是简单地围绕地球进行公转，而是沿着"本轮"②匀速转动。这个本轮的中心绕着以地球为中心的轨道匀速转动，这个轨道叫"均轮"③。但由于本轮、均轮理论依旧无法解释为何四季分布时间各有长短，也无法确定行星在天空上的位置。因此，托勒密等天文学家便提出"偏心圆"概念，即地球不再是均轮的中心，且同均轮持有一定距离。无论是托勒密所在的古希腊时代，还是哥白尼所在的文艺复兴时代，椭圆轨道都是惊世骇俗的观点，因世俗皆认为只有完美的圆形才能配得上完美的天球。由于在哥白尼的模型中，行星轨道是正圆形的，所以才需要引入均轮和本轮来使行星围绕太阳运行的轨道得以"椭圆化"，并假设太阳不是在宇宙中心，而是在其附近。如此一来，到最后其模型依然无法比托勒密地心体系更为简明④。而最终，摒弃圆形轨道，提出椭圆轨道的则是另一位天文巨匠——约翰尼斯·开普勒⑤。

---

① 一般认为是由古希腊天文学家阿波洛尼乌斯（Apollonius）提出的，也有人认为是由喜帕恰斯提出的。

② 天文学术语。在托勒密体系中，行星循着各自的本轮做匀速运动。简单来说，即行星绕着一个轮做圆周运动，而这个轮便是本轮。

③ 天文学术语。在托勒密体系中，本轮的中心在均轮上绕着地球做匀速运动。

④ 两个体系都大量使用了本轮、均轮和偏心圆，故而在基本性概念和学说的复杂性上不相上下。

⑤ 约翰尼斯·开普勒（Johannes Kepler, 1571—1630），德国天文学家、物理学家。革命性地提出了开普勒三大定律。

拓展阅读
一场持续数百年的革命

哥白尼革命，是使得地球在银河系中边缘化的第一步，在这一步中地球从宇宙中心的神坛上跌落。而第二步，则发现太阳也并非宇宙的中心，且在银河系中遨游的恒星犹如过江之鲫数之不尽，而太阳只是其中之一。甚至连银河系亦非宇宙的中心，因为银河系也只是千亿个星系之一，所以它既非唯一，亦非与众不同。早年间，我们的太阳系仍是唯一已知的行星系统。然而，这个"唯一"因20世纪90年代发现了系外行星而遭到否认。结果是，太阳系只不过是银河系里不知其数的行星系统中的一个。至此，哥白尼革命还差一步便大功告成了，即从其他行星上发现生命物种，特别是智慧生命的存在。事实上，迄今为止，地球仍是唯一已知拥有生命物种的星球。如此看来，地球似乎是为人类量身定做的；实则不然，人类得以在地球上生存，全靠适者生存的自然进化。

开普勒与行星运行

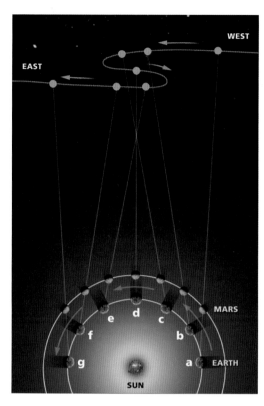

上图 以火星为例，以非常简单的方式，解释了在日心系统的背景下的逆行运动。图片来源：美国国家航空航天局。

16 世纪末，曾观测出火星运行轨道的第谷·布拉赫[1]是最后一位支持地球静止不动说法的天文学家。开普勒不仅是第谷的学生，也是第谷在自建的天文台中进行研究时的助手。此外，由于火星的偏心率较大，是继暗淡的水星后，在太阳系中偏心率排名第二的行星。由此，开普勒放弃了圆形轨道，并提出了椭圆轨道，还在著名的开普勒三大定律中描述了行星的运动轨道。其中，第一定律和第二定律发表于 1609 年出版的《新天文学》上，第三定律则于 1619 年在《世界的和谐》一书中公布。

根据开普勒第一定律可知，行星沿着一个椭圆轨道环太阳绕行，而太阳是处于椭圆上的一个焦点，而非中心。他的第二定律则表示，太阳同行星之间的连线在相等的时间内扫过相等的面积，因此行星的移动速度同它与太阳间的距离成正比，离得越近，移动得越快。第三个定律讲的则是，太阳系所有行星的轨道半长轴的立方与其公转周期的平方之比都相等，这就意味着行星的公转周期同它与太阳间的距离成正比（比如，水星公转周期是 88 天，海王星则是 164.8 年[2]）。实际上，开普勒只对前六大行星的运动应用了其定律，而天王星和海王星则是在他逝世后才发现的[3]。

开普勒定律向我们解释了行星是如何运动的，但依然未能揭示其为何而运动。这个成因的物理答案是引力，它是几十年后被牛顿[4]发现的。

总体上说，开普勒的天文学是将物理学与理想主义方式融为一体的，是文艺复兴运动之前那个时代作为与数学并列的七艺[5]之一的天文学解释天体这一完美造物的唯一途径，而当时的物理还被认为是有所不同的自然哲学的分支。开普勒曾利用 5 个分别作内外切的柏拉图多面体来推导开普勒定律，它

---

① 第谷·布拉赫（Tycho Brahe, 1546—1601），丹麦天文学家、占星学家。

② 水星离太阳约 5.791×10^7 千米，海王星离太阳约 504×10^9 千米。

③ 开普勒于 1630 年逝世，天王星于 1781 年被发现，海王星则于 1846 年被发现。

④ 艾萨克·牛顿（Isaac Newton, 1643—1727），英国物理学家、数学家，被誉为"近代物理学之父"。

⑤ 七艺是欧洲教会学校的教学内容。起源于古希腊时期，并一直沿用至文艺复兴运动之前。七艺包括：文法、修辞、辩证法、算数、几何、天文、音乐等七项内容。

开普勒之梦

　　在 1608 年，开普勒写了一篇名为 *Somnium* 的故事，即《梦》，该篇故事于其逝世后的 1634 年出版。在书中，开普勒描述了梦境中所发生的一系列怪诞诡奇之事，他不仅登上了月球，还遇见了精灵。历史上也曾有不少作家在作品中对天空之旅有浓墨重彩的描述，但其内容皆深受神学的影响，如但丁的《天堂》[1]和《疯狂的奥兰多》[2]中的阿斯托尔福[3]。与前人不同，开普勒的天空之旅充满了科学意义，如书中对从月球上看到的地球的描述，但只是写了月球面对地球的那一面，而不是背对地球的另一面。

①　此处天堂指的是神曲的第三部《神曲·天堂篇》，以面见上帝为全篇终结。

②　《疯狂的奥兰多》一书作者为卢多维科·阿里奥斯托（Ludovico Ariosto），该书以法国中世纪名诗《罗兰之歌》为蓝本，讴歌查理曼大帝及其勇士骁勇善战的行为。

③　阿尔斯托尔福，《疯狂的奥兰多》主要人物之一，曾为拯救奥兰多而登上月球。

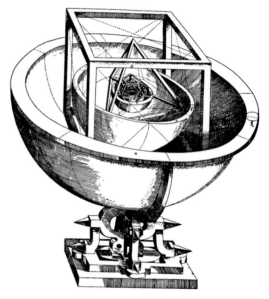

上图　柏拉图多面体模型。是行星所在轨道的球面内切与外切关系的对应，曾刊登在开普勒 1596 年出版的《宇宙奥秘》（*Mysterium Cosmographicum*）上。

左图　开普勒画像（1610），佚名。

上图　荧荧如火的火星，出现在智利拉西拉天文台的瑞士米莱昂哈德·欧拉望远镜的上空。基于第谷测得的火星运动轨道数据，开普勒发现了火星的运动轨道是椭圆形的。图片来源：贝莱茨基 (LCO)/ 欧洲南方天文台。

金星凌日

　　开普勒第三定律并未能帮助我们确定各行星与太阳之间距离的绝对值，但可获得它们距离的比值。首先，建立一个有距离比例的太阳系，只要能以公里为单位测量出任意一个天体与太阳之间的距离，就能根据比值来算得所有天体的相应距离。遗憾的是，我们仍未能确定这一比值的数值。为此，天文学家们尝试用视差来测量火星和金星的距离。在 1672 年，乔瓦尼·多美尼哥·卡西尼[①] 与其同事儒安·里奇分别同时从巴黎和卡宴[②] 对火星进行观测。而对于金星，则可以在每组相隔 8 年的金星凌日期间测量其视差[③]。18 世纪的金星凌日发生在 1761 年和 1769 年，当时世界各地的科学家都对这两次的凌日现象趋之若鹜，以期获得更准确的太阳系数据。其中就包括詹姆斯·库克（James Cook）和来自塔希提岛（Tahiti）的查尔斯·格林（Charles Green）。

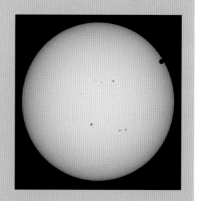

上图　最近一次的金星凌日。该次凌日发生在 2012 年 6 月 6 日，拍摄时金星正要离开日轮。上次凌日发生在 2004 年，而下次凌日则将发生在 2117 年。图片来源：美国国家航空航天局 / 太阳动力学天文台 and team AIA, EVE and HMI。

[①]　乔瓦尼·多美尼哥·卡西尼（Giovanni Domenico Cassini, 1625-1712），法国天文学家，为土星卡西尼缝的发现者。

[②]　卡宴（Cayenne），位于南美洲，法属圭亚那首府。

[③]　金星凌日：金星凌日以 8 年、121.5 年、8 年、105.5 年的周期出现。

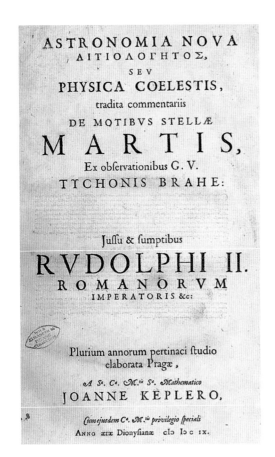

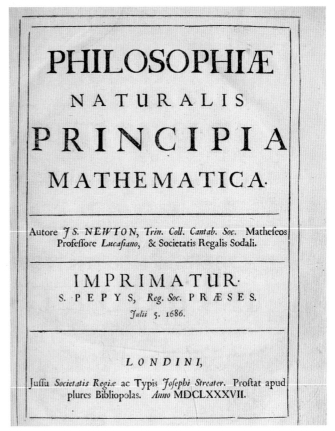

上图 《新天文学》（1609，左图）和《世界的和谐》（1619，右图）第一版的扉页。在这两本书中，开普勒分别介绍了关于行星运动的前两条定律和第三条定律。

们分别是立方体、正四面体、正八面体、正十二面体和正二十面体，并希望能以完美的正多面体来彰显上帝的旨意。

其实，如果说开普勒开始从物理角度解释天文学，那么在天文学与物理学融会贯通的能力方面，与他同时期的伽利略则更胜一筹。

伽利略与望远镜

基于现存古代图像文献的影响，当我们想起昔日天文学家时，脑子里也许会浮现这么一个画面：一位天文学家用其睿智的眼睛环顾浩浩寰宇，并用其手里的地图和圆规进行测量。然而，从天文学界革命先驱伽利略开始，这种早期的观星方式便发生了巨变。他把眼睛靠在刚刚与天文学结合的观测工具望远镜上，实现了"更近距离地"观察天体的梦想，了却了人类的千年夙愿。此后，日心说得到了实质性的支持，而亚里士多德的地心说则是顷刻土崩瓦解。

望远镜的首次问世可追溯至 1608 年。那年，一位荷兰的眼镜制作师汉斯·利伯谢在一次意外中发明了望远镜。因此，伽利略是望远镜的改造者，而非创始人。他甚至不是第一个使用望远镜的人。英国天文学家托马斯·哈利奥特[①]于 1609 年 8 月完成了世界上第一张靠望远镜观察绘制的月球图稿，而伽利略第一次使用望远镜观察月球则发生在同年的 11 月 30 日。

只不过，伽利略对望远镜的研究与对所观察到的天象的物理意义的推断能力使其当之无愧地得到了"天文望远镜开拓者"的头衔。作为将"感觉经验"和"必要实验"结合为研究方法的先驱，在观测天空时，伽利略始终秉持理性的观察态度和科学的研究原则。通过观察月球，他发现了在月球粗糙不平的表面上，布满了月谷、山脉和环形山，故而推断出一个与当时世俗观念相悖的结论，即我们的卫星并不是由以太组成的完美天体。此外，他发现了四颗环绕木星运动的卫星，并一度试图以科西莫二世·德·美第奇[②]的名字来

上图 伽利略雕像，由雕塑家阿里斯托德莫·克斯托利创作，现陈设于佛罗伦萨乌菲兹博物馆的凉廊。

命名这四颗卫星，现天文学界统一将它们命名为"伽利略卫星"。这四颗环绕木星而运动的卫星使伽利略顿悟，或许日心说是成立的，或许月亮是唯一环绕地球旋转的天体。此外，伽利略还观测到，金星有类似于"月相"那样的相位变化，存在这种变化在哥白尼日心说中是合理的，但在亚里士多德的理论中则无法解释，在这个不朽的以太球体中，无论金星是位于太阳的外侧抑或是远离太阳，都不可能呈现如月相般的完整相位变化[③]。因此金星相位的发现，便是推翻地心说的第一步。

伽利略的一系列天文发现包括：太阳黑子、开阳双星[④]和银河研究。它们是宇宙无穷变化的证据，且有力地抨击了亚里士多德的宇宙不变论。通过使用望远镜，伽利略发现了银河是由无数颗恒星组成的。伽利略不仅在天文学许多处女地探索方面获得了累累硕果，他还在使用望远镜的同时形成了独树一帜的研究方法。伽利略的研究方法不仅没有受到所处时代形而上学的上层建筑的影响，而且还十分注重感觉经验以获得现实认知。在观测天象时，通过观测数据以得出天体的真实物理构成及运动规律，是伽

---

① 托马斯·哈里奥特（Thomas Harriot, 1560—1621），英国天文学家。

② 科西莫二世·德·美第奇（Cosimo II de' Medici, 1590—1621），在 1609 至 1621 年统治托斯卡纳，曾是伽利略的学生。

③ 在亚里士多德 - 托勒密地心体系中，太阳、月亮和各行星分别在 7 个同心球面上围绕着地球旋转。而金星相位变化，则意味着金星的光亮来自太阳的照射，所以证明了金星是绕着太阳而旋转的。

④ 开阳双星（Mizar），指北斗七星中的第六颗星。因距离遥远不易观察，一度被认为是一颗单星，后经证实是由两个双星系统共同组成的四合星系统。

组图为伽利略所观察到的月球上不同阶段的陨石坑。该画稿登载于伽利略所著的《星际信使》（*Sidereus Nuncius*）[①]中，该书于1610年3月13日出版。书中记载了这位天文学家如何利用天文望远镜完成了月球表面、四颗伽利略卫星和大量肉眼看不见的昴星团恒星等一系列震古烁今的发现。

———————

[①] 《星际信使》（*Sidereus Nuncius*），是伽利略所撰写的天文学报告。

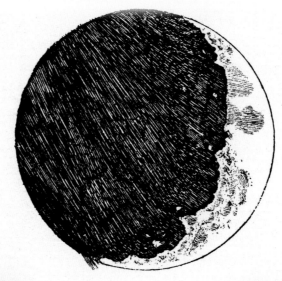

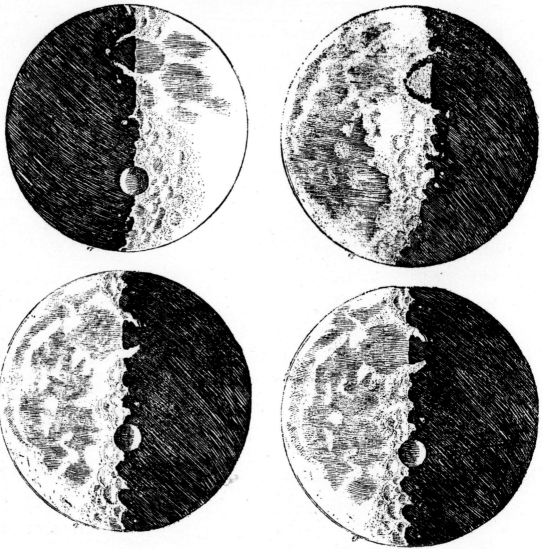

上图　托马斯·哈里奥特在伦敦塞恩宫 (Syon Park) 的住所中用望远镜对准天上的月亮。该油画是艺术家丽塔·格里尔（Rita Greer）于 2009 年所作。

望远镜中的银河

　　伽利略把望远镜对准横亘天际的银河，其后发现银河竟是由无数颗恒星所组成。这张照片是欧洲南部天文台（欧洲南方天文台）设在智利的帕拉纳尔（Paranal）天文台拍摄的。多亏了优良的大气能见度和长时间的曝光，无论是星云还是星际尘埃的暗部，此刻都变得清晰可见。图像右侧为明亮的红超巨星心宿二。图片来源：欧洲南方天文台／S. 古维萨德。

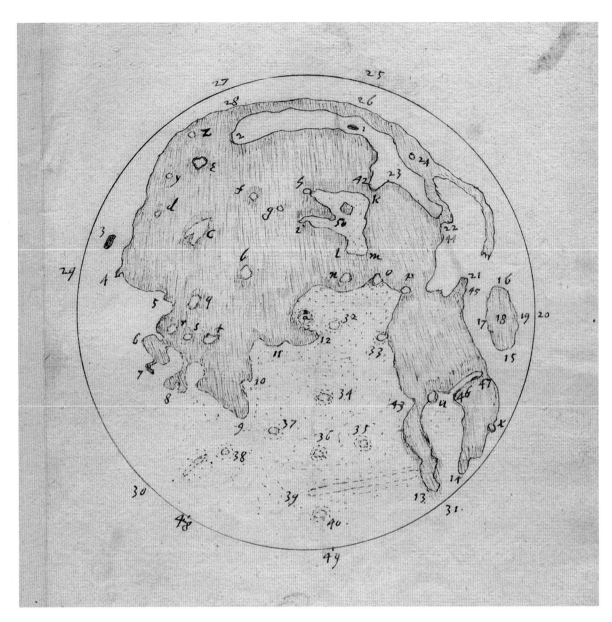

上图　托马斯·哈里奥特于 1609 年夏天所绘的月球陨石坑素描图。

利略锲而不舍的追求。故而，这位伟大的天文学家同时也是首屈一指的物理学家，他把物理学运用于很多科学领域，成为那个时代的特点。在物理学领域中，伽利略最斐然的成就无疑是对物体运动的研究，其中最广为人知的便是自由落体研究。在该研究中，为了方便观察，伽利略还结合了斜面实验以减慢物体运动速度。此外，惯性定律的发现也进一步证明了这位科学家独步一时的物理造诣。这个定律不仅解释了为什么地球上的一切事物都随地球运动而动，而非后退，还有力地驳斥了亚里士多德日心说中万物皆静的理论。

拓展阅读

开普勒、伽利略与占星学

科学革命期间，我们可以看到以开普勒和伽利略为主角的科学家，从占星术向天文学的过渡，众所周知的是，这两位天文学家也曾受人之托而从事过占星预卜。譬如，开普勒曾预测过1595年将会迎来极寒，而实际上开普勒所处的年代正经历着小冰河期，所以与其说是对未来的预言，不如说是对规律的把握。1601年时任布拉格鲁道夫二世[1]的宫廷数学家开普勒，同时也担负着为皇帝占相卜命的任务。

但我们伟大的科学家们真的相信占星术吗？开普勒认为天地之间是有一定联系的，他曾通过研究天体之间的和谐运动，试图在固有的天体认知上发现天地间的对应联系，同时还对那些违背天体规律的占星预卜嗤之以鼻。而伽利略关于占星术的立场则历来众说不一。无论如何，在那个时代，对于那些从事天文研究的人来说，钻研占星术无疑是必修课。在这场自然哲学向近代科学过渡的革命中，天文学也开始与占星术分道扬镳，后者更是被驱逐出了科学界，但不可否认的是两者确实依然共存。

① 鲁道夫二世（Rudolf II，1552—1612），哈布斯堡王朝的神圣罗马帝国皇帝。因其极度沉迷占星术，客观上推动了科学革命的发展。

牛顿与重力

《自然哲学的数学原理》是艾萨克·牛顿于1687年出版的科学巨著。这部书的内容囊括了动力学理论和万有引力定律。根据该定律，世界万物都在相互吸引着，且引力的大小同这两个物体的质量乘积成正比，同两者距离的平方成反比，因此这个定律也叫作距离平方反比定律。正是这些理论和定律的发现，使得牛顿推导出了开普勒三定律。不同于开普勒的感觉经验型研究，牛顿在推导开普勒三定律前就已经完成了引力的发现，他知道正是引力推动着行星围绕太阳运转。

牛顿发现重力的故事是无人不晓的。一天，这位科学家坐在苹果树下休息，突然被树上掉落的苹果砸中了脑袋。正是这一砸，使得他突发奇想，决心要对造成苹果掉落的原因弄个明白（这应该也是每个被砸中脑袋的人不约而同的想法）。那这个故事是真实发生过的吗？事实上，我们伟大的科学家并没有被苹果砸中脑袋，只是从苹果落下的一幕中得到了灵感。经过思考，他意识到苹果落地是由地球重力的牵引而造成的，虽然苹果也向地球施加了反作用力，但由于地球的质量比苹果的要大得多，所以地球的重力远超苹果的反作用力，故而苹果并未能改变地球的运动状态。

紧接着，牛顿把目光投向了遥远的太空。既然苹果会受到地球重力的影响，那么月亮也会受到地球重力影响，同时月亮的重力也会反作用于地球。问题是为什么月亮不是掉落到地球上，而是"围绕"着地球转呢？确切地说，跟苹果离开树枝落到地上一样，月亮也在地球重力影响下自由下落，但是它还有一种切向速度[1]，就是与地球－月球之间的连线相垂直的速度，使得月球能始终保持在绕地轨道上，而非掉落到地球上（真是幸运），而这个道理也同样适用于行星和太阳之间。

---

[1] 切向速度，是与做曲线运动的物体相切的任一点测量的速度，描述了物体沿圆周的运动，并且始终和该圆相切。

上图　牛顿的肖像，由戈弗雷·克内勒（Godfrey Kneller）创作于 1689 年。

最初的望远镜

望远镜分两种类型：一种是折射望远镜，利用透镜做物镜以屈光成像。另一种是反射望远镜，利用曲面（球面、抛物面或双曲面）的面镜来反射成像。口径，即透镜或面镜的直径，是望远镜聚光能力的重要指标。一部望远镜的威力不仅体现在其放大倍数上，更体现在其聚光能力上。伽利略望远镜也被称作"Cannocchiali"[1]，这种望远镜的制作只需两块镜片，物镜在前，目镜在后，且物镜的直径只需几厘米。在佛罗伦萨的伽利略博物馆中便存有两台伽利略制作的望远镜，分别能放大 14 倍和 21 倍。后来，第一批反射望远镜也诞生了，如格里高利望远镜、卡塞格林望远镜和牛顿望远镜等。时至今日，牛顿式反射望远镜的技术仍被广泛使用。在随后的几百年间，望远镜的发展日新月异，且一直演变至今。只是在 20 世纪，反射望远镜才因大型现代望远镜的问世而最终占了上风。

---

[1] 意大利语，指"伽利略式望远镜"。

上图　佛罗伦萨伽利略博物馆现存的两台伽利略望远镜之一。图片来源：伽利略博物馆－科学历史研究所和博物馆。

牛顿力学解释了天体运动的原理。无论是双星系统、多星系统，抑或是它们的运动轨迹，都遵循着万有引力定律，使得牛顿定律成了名副其实的"万有"引力定律。这种感知宇宙的方式，把日心说、开普勒定律和伽利略观察到的自由落体都联系到一个框架内，其动力学理论能够解释清楚所观察到的一切，无论是地球还是天空中的一切。天地之间不相问闻的传统观念已不复存在。科学革命已然完成，在接下来的几个世纪中，牛顿力学毫无疑问地成了科学领域的指导性理论。在我们继续了解这门学科之前，先来关注一下这位科学家另一闻名遐迩的成就——太阳光谱实验。早在 1666 年，牛顿就观察到，当太阳光或白光通过三棱镜后就会被分解为七色光谱，形成人造彩虹；同样通过三棱镜，还能把复色光聚合成白光。这是一种复色光被分解为单色光且形成光谱的现象，这种现象被称为色散。对色散

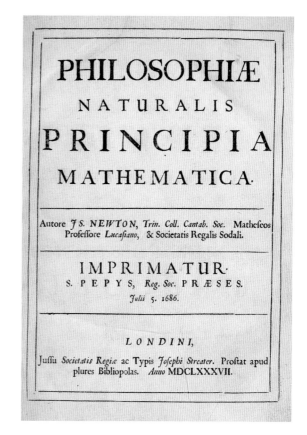

上图 第一版《自然哲学的数学原理》（1687）扉页。

现象的发现其实古已有之，只是未曾有人像牛顿那样用科学的方法对其进行研究。牛顿还著有《光学》（*Opticks*）一书，该书在 1704 年出版。在书中，这位英国科学家对光的色散、折射和衍射等光学现象进行了分析论述。尽管该书不像《自然哲学的数学原理》般，一经问世便在物理学和天文学界激起千层浪，但也为后续的天体物理学发展奠定了重要的基础。

现在，让我们再次把目光转向牛顿的力学，一起来回顾它在 18 世纪与 19 世纪上半叶取得的重大突破。

天体力学发展势如破竹

牛顿力学因其清晰精准而极具吸引力，以任意一个天体系统为背景，测算出各天体的质量、位置、相互之间的万有引力以及初始状态，即天体最初是处于哪种运动状态，甚至可以知道这个系统遥远未来的运动发展情况。计算两个天体之间作用力的大小并非难事，但当天体数量变为三个时，问题就会变得十分复杂。最经典的例子就是太阳系中的太阳、地球和月球的运动。先撇开木星等行星的摄动因素不谈，月球就是在太阳和地球的引力作用下，绕地球做椭圆轨道运动，且随地球绕太阳运动，这只是粗略

上图 该图像是阳光经三棱镜折射后发生的色散现象。1666 年，牛顿就是用这种方法观察到了色散现象。

的估算。天体力学主要研究引力作用下的天体运动。自《自然哲学的数学原理》出版至 19 世纪中期以来，发展天体力学是天文学界的头等大事，天体力学甚至成了天文学的代名词。在当时的科学界，计算天体运动的能力达到了一个空前的高度，但同时也面临巨大的挑战，比如说月球的运动。一种能被奉为圭臬的理论首先应具备可解释性，其次就是预测性，即预见一些能为人观测到的现象。最经典的例子便是 1846 年海王星的发现。故事要从 1781 年威廉·赫歇尔 ① 发现天王星说起。当时的科学家们发现这颗天王星的运动十分反常，且无法用太阳或其他已知天体的引力来进行解释。而天文学家约翰·亚当斯 ② 和勒威耶 ③ 对其运动进行研究和计算后，推算出有一个未知的天体在干扰天王星的运动。最终，在 1846 年 9 月 23 日的柏林天文台，德国天文学家伽勒 ④ 及其学生达赫斯特在勒威耶所预测的位置相距不到 1 度的地方发现了海王星（而约翰·亚当斯的预测位置则有十几度的偏差）。这是一次胜利！因为对海王星运行轨道的测算只是部分正确，而那正是海王星当时所处的轨道。

　　这幅由天体力学绘制的奇妙画作缺少什么？物理学！现今，我们习惯于在强大的望远镜和空间探测器的帮助下，对行星的表面进行观察，而天文学家则对天体的物理结构进行研究；而在当初，无论

---

① 威廉·赫歇尔（William Herschel，1738—1822），英国天文学家，天王星的发现者。

② 约翰·亚当斯（John C. Adams，1819—1892），英国天文学家，海王星轨道计算发现者之一。

③ 勒威耶（Urbain Le Verrier，1811—1877），法国天文学家，海王星轨道计算发现者之一。

④ 约翰·伽勒（Johann Galle，1812—1910），德国天文学家，海王星的观测发现者之一。

对木星运动的剖析有多么深入，都无法得知其物质构成。那时，行星被看作移动的质点①；而关于恒星，在 1835 年，实证主义哲学家奥古斯特·孔德曾写下这样两句话："我们可以确定恒星的形状、距离、大小和运动，但永远不知道如何去研究它们的化学成分。""我们对恒星的认识只停留在几何现象和机械现象。"此外，在 1838 年第一个测得恒星视差（详见第三章）的德国天文学家贝塞尔也曾于 1846 年写下这样一段话："天文学的任务只是要确定每一颗恒星的运动规律以及它为什么如此运动。"

在 19 世纪 60 年代，物理学家基尔霍夫②和化学家本生③对太阳光谱进行观察，并推导出了太阳的化学成分。请注意，这两位科学家分别是物理学家和化学家，皆非天文学家。这种新的天体研究方法将使天文学界产生巨变。

绕地球而落

一个普遍的误解是没有重力。看到在国际空间站（International Space Station，简称为 ISS）飘浮着的宇航员，我们就觉得那里似乎没有重力。怎么可能呢！这其实是一种失重的状态。事实上，无论是空间站还是月亮，在地球重力的作用下，都是会做自由落体运动的。如果没有重力，它们就会沿着轨道的切线方向飞出去，就不会做什么绕轨运动了。国际空间站上没有重力的话，就会如同电缆断裂后自由下落的电梯，不停下坠直至撞毁。

---

① 物理学术语。是物理学中一个理想化的模型，指有质量但不存在体积或形状的点。因某一物体的大小和形状对研究影响不大，便近似地把该物体看作一个质点。

② 古斯塔夫·基尔霍夫（Gustav Kirchhoff，1824—1887），德国物理学家，基尔霍夫电流定律提出者。

③ 罗伯特·本生（Robert Bunsen，1811—1899），德国化学家，本生灯发明者。

海王星与木星

这里的海王星由旅行者二号探测器（Voyager 2）所拍摄。1846 年，多亏了科学家对天王星轨道摄动的研究，才导致了海王星的发现。对于 18—19 世纪天体力学家而言，行星只是移动的质点，而对其物理性质的研究则不在关注范围之内；但是，到了 19 世纪中叶，随着科学的进步，天体物理学才变得重要起来。近年来，航天事业的进步也为同行星相关的天体物理学提供了良好的发展契机。这张木星图像（右图）就是由朱诺号（Juno）木星探测器拍摄的。

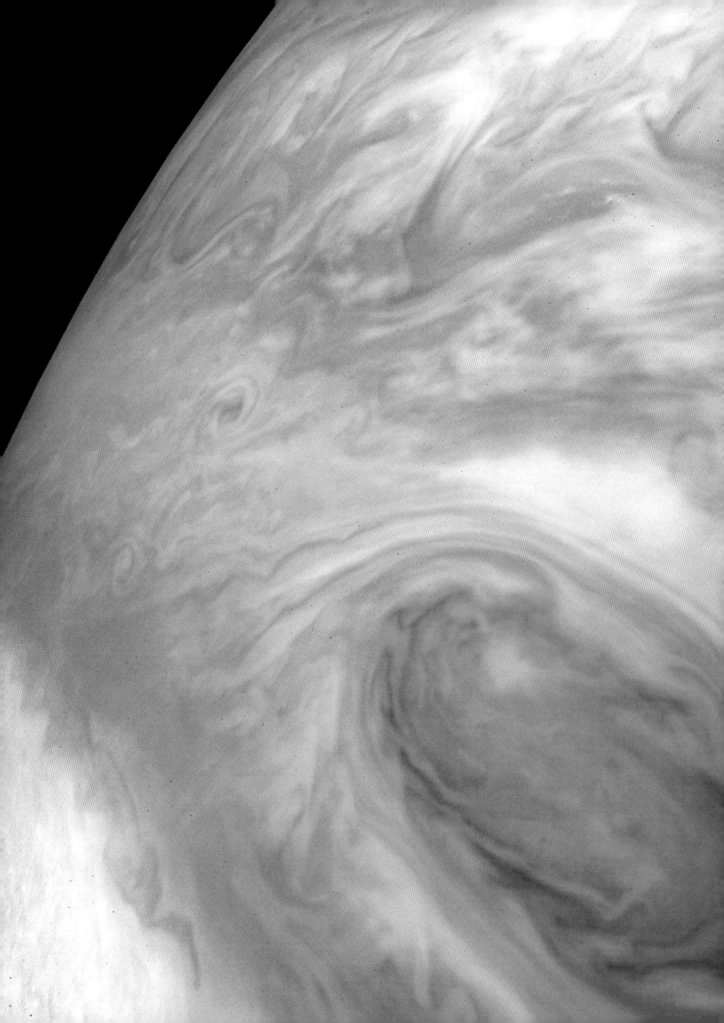

第三章

天体物理学：揭示天空的奥秘

19 世纪末，天体物理学成为天文学的代名词，人们对天体测量热度减退，却对天体物理性质的研究有着空前的兴趣。一场翻天覆地的革命正在酝酿。

上页图　冬季天空图。猎犬座位于本图右侧，它身边是大犬座和小犬座中最亮的两颗恒星，天狼星在南方，南河三在西方。天狼星是夜间全天最亮的恒星。图片来源：欧洲空间局哈勃望远镜，藤井彰（音译）。

右图　克里斯提安·舍尔夫所绘的夫琅和费^①肖像版画。

　　当夕阳的余晖染红西南方地平线时，猎户座在东南方地平线上缓缓升起，此时它在天空中的位置还很低，将在随后的傍晚时分逐渐升高，照亮浩瀚无垠的夜空。猎户座的南方有两只猎犬，它们是大犬座和小犬座。在夜空中，猎户座像是同金牛座搏斗的猎人，并始终不渝地跟随着昴星团。世人向来为漫天星宿所倾倒，夜空中，不乏璀璨耀眼的恒星。天狼星是大犬座中最亮的恒星，它的存在使附近的恒星黯然失色；还有一些隐约能观察到的淡红色恒星，如位于猎户座肩膀上的参宿四和金牛座眼睛上的毕宿五等。震撼心神，这是世世代代的人对天空不约而同的评价。现如今的天体物理学已历经150多年的发展，当代科学家不仅能对天体的温度、大小进行测量，还能对那些备受他们关注的注入太空的巨大能量流进行研究，所以我们对天体的了解程度远非古人所能企及。

---

① 约瑟夫·冯·夫琅和费（Joseph von Fraunhofer，1787—1826）德国物理学家，发现了夫琅和费线，即太阳光谱中的吸收线。

天体物理学的诞生

19 世纪中叶的天文研究主要涉及天体力学。而 19 世纪末，天体物理学却迎头赶上，成为天文研究的主要方向。天体物理学是一门主要研究天体性质和构成而非运动的学科，自其诞生开始便发展迅速，在 19 世纪末更是近乎成为天文学的代名词，并影响至今。

要知道这种巨变的原因，就需要了解 19 世纪上半叶飞速发展的物理学、化学，尤其是光谱学。1801 年，托马斯·杨[①] 提出了光的波动学说。在物理学中，波是一种在空间上以振动方式传播的扰动，它能传播能量但不能传播介质。以水波为例，向一方平静的池塘里扔一颗石子，水面就会泛起水波，而且这种由石子引起的扰动会传至对岸。水面因扰动而上下晃动，但水并不会流向对岸，传输到对岸的只有水波扰动和相关的能量。当这种波动传到对岸时，也会引起一些变化，比如振动石子。显然，这种波动是带有能量的，那颗起初被投入水中的石子的动能传到了对岸（不包括摩擦耗能的那部分）。有的波是能在真空中传播的，比如光，光是一种由电场和磁场形成的电磁波。可见光是波长范围在 380—750 纳米（一纳米是一米的十亿分之一）之间的电磁波。在这个区间内，不同波长对应着不同的颜色，按照波长递减（能量递增）的顺序分别是：红色、橙色、黄色、绿色、蓝色、靛色和紫色。当波长超出了以上范围，则属于不可见电磁波（如红外线、紫外线等），它们与可见光一起组成完整的电磁波谱。

使用玻璃棱镜（或类似仪器）能将一束光按不同波长进行分解。这种现象被称为色散，这个在前面牛顿的章节已经介绍过了。在牛顿之后，针对太阳光谱的实验并未取得其他突破。直到 1802 年，英国物理学家沃拉斯顿[②] 在观察太阳光谱时，发现了一些暗线[③] 的存在，这是牛顿未曾发现的，因为牛顿所使用的仪器不能形成充分的色散。然而，沃拉斯顿并未对此发现进行深入研究。而到了 1815 年，德国光学家夫琅和费不仅对所观察到的暗线进行了编号，还首次发现了一些来自亮星的光谱，其中有的谱线与太阳光谱相似，有的却不同。

通过了解光源的光谱，我们可以获取该光源的化学特征和物理特征。譬如，温度（这里所指的是绝对温度，即以绝对零度作为计算起点的开尔文温度，以符号 K 表示。当开尔文温度用于指示极高的温度时，同摄氏度的指示结果差别不大，如恒星的温度）。19 世纪上半叶的物理学家和化学家们，通过在实验室对不同的光源和对应的光谱进行实验，以期发现光源的物理与化学变化导致了怎样的光谱变化。自 19 世纪后半叶起，同样的方式也被广泛地应用在恒星光谱的研究中，那些变成了天文物理学家的天文学家们找到了知晓恒星的物理和化学性质的钥匙。实际上，这是唯一的办法，比邻星是离太阳系

---

① 托马斯·杨（Thomas Young，1773—1829），英国物理学家。提出了光的波动理论，著有《自然哲学讲义》等。

② 威廉·海德·沃拉斯顿（William Hyde Wollaston，1766—1828），英国物理学家、化学家，是第一个发现太阳光谱暗线的人。

③ 天文学术语。指某一波段的光被冷气体吸收时在光谱中形成的暗谱线。来自天体的光会被原子或分子选择性地吸收，导致那部分的光从星光中被消去，留下一条条的暗线。

最近的恒星，距地球有 4.24 光年[1]，就算是目前最快的、处于太阳边缘的空间探测器旅行者一号[2] 也需要连续飞行 75000 年的时间才能到达。如今，同 19 世纪的科学家一样，我们对恒星的研究也受限于遥远的距离，多亏了光谱的出现，我们才得以慢慢揭开恒星的庐山真面目。

光谱和温度

接下来，让我们了解一下恒星光谱的成因。先是恒星颜色：蓝色、白色、黄色、橙色和红色。当我们昂首望天时，会发现它们看起来是白色的（对于有的人来说是淡红色），导致这种现象的是视力限制，它使得我们无法在弱光下辨认光的颜色。比如，在晚上昏暗的家中，借着窗外渗进的微光观察我们的红色衣柜，就会发现此刻它看起来是灰色的。因为此时我们的眼睛进入了黑白感知模式。

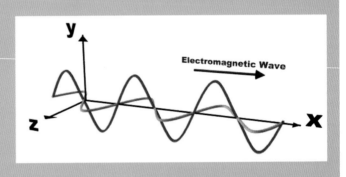

此波与彼波

同任何一种波一样，电磁波的参量也包括了波长 λ，即两个相邻的振动位相之间的距离；频率 ν，即每秒的振动次数。两者共同作用，使得电磁波和光在真空中的传播速度约达 300000 km/s。这种传播速度是通用常数，用字母 c 表示。λ 和 ν 的乘积是一个常数，所以双方是此消彼长的反比关系。

电磁波所携带的能量与 ν 成正比，与 λ 成反比，即波长越长，能量越低。

上图　电磁波由相互垂直的电场和磁场组成，以振动的方式在空间中传播。波长是两个相邻的振动位相之间的距离。

通过观测恒星光谱，我们会看到恒星发射出来的光是色彩斑斓的（就像太阳光谱中的"彩虹"一样），有的恒星主要发出蓝色，而有的则是绿色、黄色、橙色或红色。我们所能分辨出的颜色就是光谱中的主要颜色（例外：当恒星的最亮光是绿光时，我们会看到白光[3]）。此外，不同颜色的恒星也有各自对应的暗线，即夫琅和费发现的吸收线。

---

[1]　长度单位。指光在真空中直线传播 1 年的距离，即 9,460,730,472,580 千米。

[2]　指 Voyager 1，由美国国家航空航天局所研制的空间探测器。于 1977 年发射，曾到访过木星、土星及木星卫星。如今距离地球的位置大约在 207 亿千米之外，但对它是否已经飞出了太阳系之外，仍存在争议。

[3]　例如：太阳其实是一颗蓝绿色的恒星，它的波长位于光谱中蓝光和绿光的过渡区。但由于我们的眼睛对该波长周围的颜色更敏感，所以看起来像白色。

半人马座 α 是夜空中第三亮星，由半人马座 αA 和半人马座 α B 组成。事实上，这是一个三星系统[①]——第三颗恒星的亮度十分低，且距离另外两颗星十分遥远，它就是最靠近地球的比邻星。本图中，半人马座 α 所发出的蓝光是人工调色，真实的颜色是黄色。图片来源：数字化天空巡天 2，达维德·马丁，马赫迪·扎马尼。

① 天文学术语。由三颗恒星所组成的恒星系统。

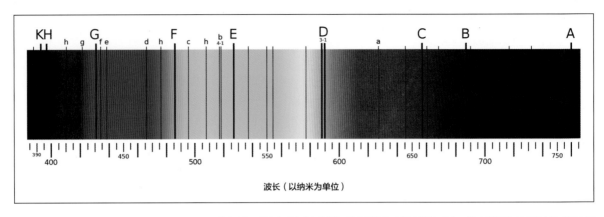

上图 夫琅和费在太阳光谱中观察到数百条可见暗线，这种暗线后被称为"夫琅和费线"。这位科学家对主要暗线和几条一般暗线分别用大写字母和小写字母进行标注。在了解光的波动性后，夫琅和费测出了相应的波长。

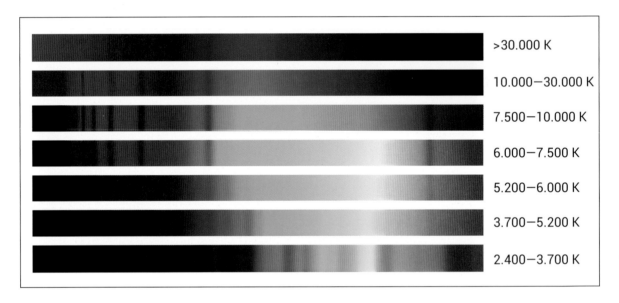

	>30.000 K
	10.000—30.000 K
	7.500—10.000 K
	6.000—7.500 K
	5.200—6.000 K
	3.700—5.200 K
	2.400—3.700 K

上图 恒星光谱 7 种分类，每一类皆有标注恒星的表面温度。图片来源：美国国家航空航天局，欧洲航天局，J. Mack e J. Madrid et al. 。

　　那这意味着什么呢？这不仅是一项实验室的光谱研究，还推动着量子力学的发展，这是一门能解释物质中光的发射和吸收现象的物理理论。通过结合量子力学与光谱分析，能了解恒星的物理结构。恒星由炽热气体组成，其内部能量是通过核聚变产生的。构成恒星的气体是致密且不透明的，越靠近中心密度越高，越靠近表层密度越低。恒星中还有一层大气叫作光球层[1]，在这层中，气体的密度逐渐减低，且逐渐透明[2]。由于光从光球层辐射向太空，导致了光球层的内部是不透明的，所以光球就可以被看作

---

① 天文学术语。指恒星向外辐射出光线的区域。太阳光球是人类实际上看到的太阳的圆面，所以太阳光谱就是光球光谱。

② 离恒星中心越远，密度越低，透明度越高。

猎户座中两颗十分耀眼的恒星：蓝色的参宿七（右下）和红色的参宿四（左上）。参宿四是为数不多的仅凭肉眼就能分辨出是橙红色而非白色的恒星。本图中的大片星云区绝大部分是无法用肉眼观测到的，除了猎户座的中心区域，也就是所谓的"猎户之剑[①]"，它位于猎户座腰带的三颗恒星的下方。图片来源：罗海利奥·贝尔纳尔·安德烈欧。

———————————

① 猎户之剑是猎户座的一个致密星群，位于猎户腰带星群以南。

恒星的表面，但实际上它并非表面，只是一层薄层。从这个光球层发射出来的光，就是恒星光谱的分析对象，以此来确认它的温度（即表面温度）及化学成分。

接下来的情况便显而易见了。恒星表面温度越高，蓝色和紫色则越明显，在可见光中这两种颜色的能量是最高的；而当恒星表面温度越低，颜色则越偏红色，这种颜色的能量偏低。一个天体温度越高，它的内部就蕴含着越多的能量，并能"自行"释放更高能量的光。所以，温度高的天体会释放更高的能量，反之亦然。即温度越高的恒星会辐射出越多的紫外线；温度低的恒星则辐射出越多的红外线。所以，当我们根据整个电磁谱来计算恒星辐射能量的光度时，这个因素也应纳入考虑范围。最后，光谱分类[1]是根据恒星的表面温度来进行排序的。以温度递减的顺序，将恒星分为 7 类每一类分别被标记为 O、B、A、F、G、K、M，并根据温度递减的顺序分为 10 个次型，分别用数字 0—9 表示。

距离和光度

如果说光谱学是对从光源所辐射出来的光做定性分析，那么光度测定就是它的定量分析，即光度的测量。以全天最亮的星大犬座的天狼星为例。弧矢一位于天狼星的东南 12° 左右，这颗恒星也能被观测到，但比天狼星暗 20 倍。不过，弧矢一距离地球足足有 1600 光年，而天狼星仅有 8.6 光年，这导致它看起来十分暗淡。事实上，弧矢一的光度比天狼星高得多，天狼星的光度是太阳的 25 倍，而弧矢一则是 8 万倍。

那这些数据是如何得来的呢？为了获得真实的恒星光度，或者说固有亮度，需要利用视差或者别的方法来进行距离和表面光度的计算，即我们从地球上看到的光。在第一章我们已经介绍过视差，视差可以计算出恒星的距离，前提是要以地球轨道的直径作为基线，然后就可以计算出一颗恒星相对于其背景恒星，在六个月内所发生的位移。

实际上，恒星视差十分小。最靠近太阳的比邻星的视差为 0.77 弧秒[2]（1 弧秒是 1/3600 度；按照惯例，恒星视差是其相对于背景恒星位移的一半，不是全角）。至此，三角测量法就可以派上用场了，它能测出相当于地球轨道直径 135000 倍的距离，即 4.24 光年。显然，恒星视差与其距离成反比。

因此，直到 1838 年天文测量技术足够成熟后，天文学家贝塞尔才测得世界上首个恒星视差，这颗恒星是天鹅座 61，起初测得 10.3 光年的距离，后经修正为 11.4 光年，这是第一次对浩瀚无垠的天空进行探测。此外，视差法只适用于 1000 光年以内的天体，一旦超出这个距离，就要使用别的测量法。欧洲航天局的盖亚卫星（Gaia）能对天体进行十分精确的测量，近年来它逐渐将可测视差的恒星距离扩大至 100 倍。

---

① 最常用的恒星光谱分类是由美国哈佛大学天文台所提出的哈佛系统。

② 弧秒，又称角秒，是角度单位，即角分的六十分之一，1 度等于 60 角分，1 角分等于 60 角秒，符号为 "。

秒差距

　　天文学术语的名字大多另有寓意，能让人联想到辽阔的宇宙。比方说，秒差距。秒差距（Parsec）是一个长度单位，它由视差（Parallasse）和秒（secondo）复合而成；指的是当天体的视差为1角秒时，它距离地球为一秒差距，相当于3.26光年[1]。一般来说，恒星的秒差距约等于其视差的倒数[2]。比如，织女星的视差为0.13角秒，对应的距离为1/0.13=7.7秒差距=25.1光年。

---

①　角秒是角度单位，并非时间单位。1角秒恒星视差对应的天体距离为3.26光年。

②　当天体视角为0.1″时，其距离为10秒差距；当天体视角为0.01″时，其距离为100秒差距，此为倒数。

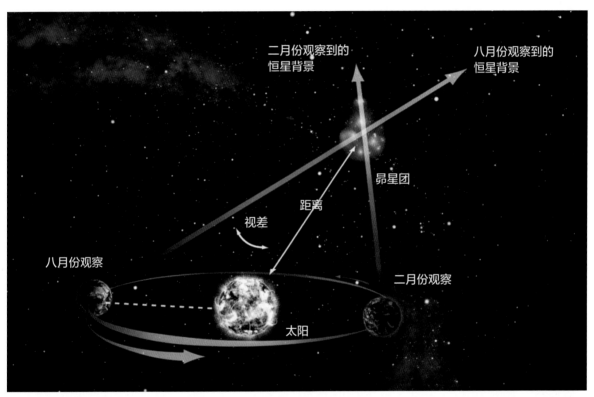

上图　由于地球绕太阳公转，我们可以测得天体的视差，然后通过视差法测量天体的距离（图中例子为昴星团的恒星）。在上图的三角形中（以上天体图像均为虚构），地球分别在公转轨道的两端做顶点，图中最近的那颗恒星的距离是地球轨道的135000倍。所以，假设画出的地球轨道直径为10厘米，那么恒星的距离就是13.5千米，那此刻你们手中的书就会变得硕大无比。图片来源：亚历山德拉·安吉利克，美国国家射电天文台/国际天文学联合会/美国国家科学基金会。

　　如果要测定那些肉眼可见的恒星的亮度，就要先获知它们离地球的距离。其实绝大多数肉眼可见的恒星比太阳耀眼得多，相比之下，太阳只是一颗极其暗淡的恒星。不过这种比较也有失偏颇，毕竟比太阳更暗的肉眼不可见的恒星也数不胜数。实际上，我们使用望远镜观测到的恒星，90%—95%都比太阳黯淡。

上图 织女星的视差为 0.13 角秒，这意味着它距离地球 25 光年。图片来源：Stephen Rahn（CC0）。

新型望远镜，开拓新视野

　　20 世纪天体物理学的进步得益于天文仪器和大型天文台的蓬勃发展。其中，威尔逊山天文台（Mount Wilson Observatory）和帕洛玛山天文台（Palomar Observatory）代表当时天体物理研究的最前沿。两座天文台均坐落在美国的加利福尼亚州，前者建于 1904 年，在洛杉矶附近，海拔 1740 米；后者于 1928 年落成，海拔 1710 米，距离洛杉矶 150 千米，如此选址是为了远离城市日渐严重的光污染。如今，两座天文台仍正常运行，其中在业界享有盛名的帕洛玛山天文台五米口径的海尔望远镜在 20 世纪下半叶一度被奉为大型观测望远镜的经典。它不仅代表着那些首屈一指的天文研究，还渐渐走入普通人的视野（如伊塔洛·卡尔维诺[1]的作品《帕洛马尔》[2]）。20 世纪上半叶，在威尔逊山天文台完成的发现都非常重要。第一次世界大战期间，哈罗·沙普利[3]在威尔逊山天文台从事球状星团的

---

① 伊塔洛·卡尔维诺（Italo Calvino，1923—1985），意大利著名作家。著有《分成两半的子爵》《通往蜘蛛巢的小路》《我们的祖先》三部曲等。

② 该书书名《帕洛马尔》是 "Palomar" 的意大利语音译，作者借大型天文台隐喻故事主人公在情节发展中的观察者身份。

③ 哈罗·沙普利（Harlow Shapley，1885—1972），美国天文学家。首次提出太阳系并非银河系的中心，而是在边缘位置。

恒星的大小

　　除了光度和颜色的不同外，恒星在大小方面也有着天壤之别。超过 90% 的恒星都属于矮星。其中，有的恒星质量比太阳小 5—10 倍，而有的则比太阳大 5—10 倍。一般情况下，恒星的大小、光度和表面温度与其质量成正比。如比邻星，它是很小的红矮星；橙矮星天苑四，较前者大；黄矮星太阳，比前两者更胜。而比太阳更大的是蓝矮星，如织女星。然后到巨星，它占恒星总数不到 10%，个头是太阳的几十倍到几百倍；比如说牧夫座大角星，它比太阳大 25 倍。其次是超巨星，占恒星总数不到 1%，是太阳直径的几十倍到两千倍，如天津四。最后，最大的恒星是红超巨星，如大犬座 VY，其半径是太阳的 2070 倍。

上图　胡克望远镜的圆顶。图片来源：Craig Baker（CC BY-SA 4.0）。

拓展阅读
星等

为了厘清恒星的亮度，19 世纪的科学家们在公元前 2 世纪天文学家喜帕恰斯所做的恒星一览表的基础上，重新划分了视星等。恒星一览表是一份数值量表，每颗恒星都有相对应的视星等值，即从地球上观测到的恒星视亮度。在一览表中，喜帕恰斯将亮星列为“一等星”，接着就是二等星、三等星，以此类推，一直到六等星，即肉眼观测范围内最暗淡的恒星。此后，这种规定便一直沿用了下来，所以亮星的星等数值比暗星低[①]。由此，恒星亮度划分完毕，按照其划分方式，全天最亮的恒星的视星等数值必须低于一等星，天狼星、老人星、半人马座 α 星和牧夫座大角星，这四颗最亮的恒星的视星等就只能皆为负数。此外，星等相差 5 等，亮度相差 100 倍。除了视星等之外，还有绝对星等，它是恒星在距地球 10 秒差距（约 32.6 光年）的地方所测得的亮度。绝对星等（M）、视星等（m）和距离（d）三者间的关系是：$M = m + 5 - 5\log(d)$，其中 d 的单位是秒差距。

① 视星等可为正负值，数值越小亮度越高，反之越暗。如天狼星的视星等为 −1.46 等。

研究。他通过分析球状星团的分布情况，测算出了银河系的大小，并推断太阳系并非位于银河系的中心，他的研究证明了哥白尼革命的其中一环[①]。轰动一时的“世纪大辩论”于 1920 年 4 月 26 日在华盛顿举行，辩论双方为哈罗 · 沙普利和美国天文学家赫伯 · 柯蒂斯。两位科学家就旋涡星云的本质进行辩论，沙普利主张旋涡星云螺旋星云位于银河系内，而柯蒂斯则认为它们独立于银河系外。

最终，1924 年爱德温 · 鲍威尔 · 哈勃[②]在威尔逊天文台测出，旋涡星云的位置距离银河系非常遥远，这证实了柯蒂斯的观点是正确的。现今，旋涡星云已被正名为“旋涡星系”。

① 即发现太阳并非宇宙的中心。

② 爱德温 · 鲍威尔 · 哈勃（Edwin Powell Hubble，1889—1953），美国天文学家。提出著名的哈勃定律，并提供了宇宙膨胀的天文学证据。

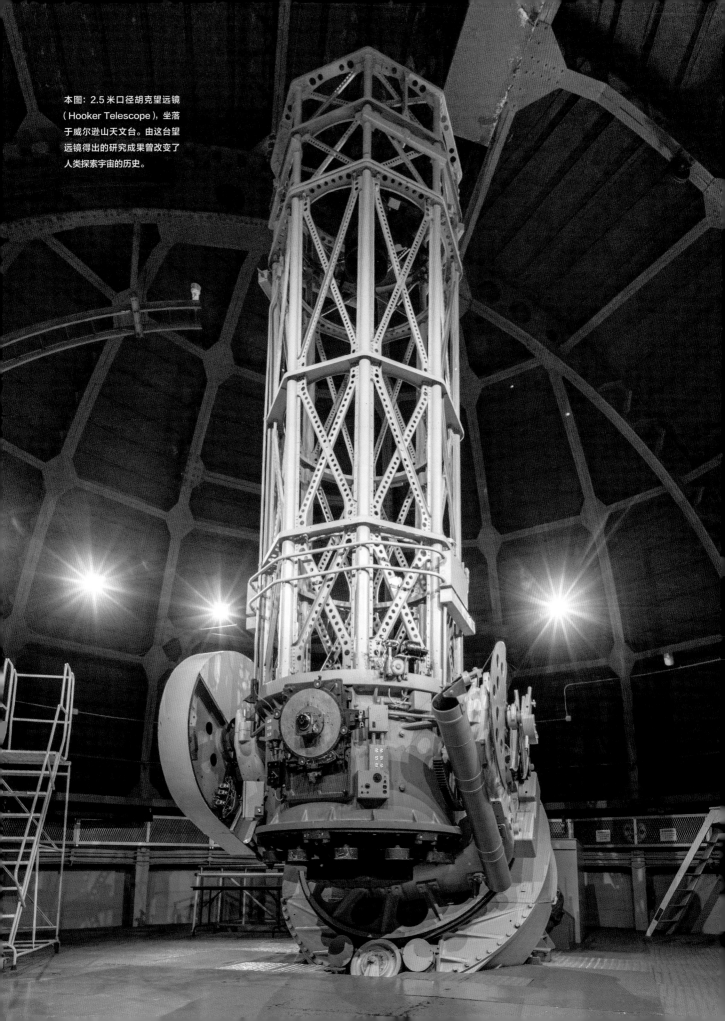

本图：2.5米口径胡克望远镜
（Hooker Telescope），坐落
于威尔逊山天文台。由这台望
远镜得出的研究成果曾改变了
人类探索宇宙的历史。

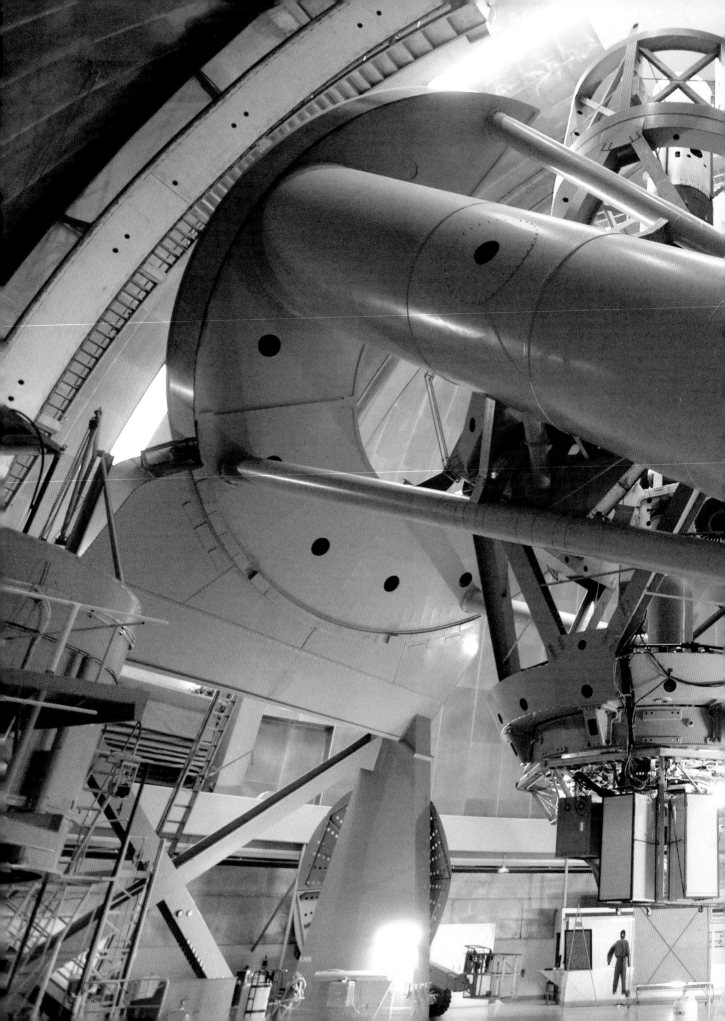

乔治·埃勒里·海尔

　　乔治·埃勒里·海尔曾参与建造帕洛玛山天文台（本图），他是一位 19 世纪末 20 世纪初的美国天文学家，曾发现太阳黑子的磁场，是太阳观测的奠基人。除了在天文学方面贡献卓著外，海尔也推动了 20 世纪上半叶天体物理的发展。这位科学家曾促成多个天文台的建设，特别是威尔逊山天文台和帕洛玛山天文台。海尔曾于 1904 年至 1923 年出任威尔逊山天文台台长。在其就任期间，还建造了当时最大的 2.5 米口径望远镜，并于 1917 年投入使用。此外，他与美国天文学家基勒于 1895 年共同创办了现今天文学领域最具影响力的科学杂志之一《天文物理学报》。

　　还是在这个天文台，哈勃与其助手米尔顿·赫马森共同发现了星系的退行速度与它们和地球的距离成比例关系，也就是著名的哈勃定律，该定律是宇宙大爆炸和宇宙膨胀理论的基础。

　　二战期间，德国天文学家沃尔特·巴德 [1] 利用战争期间的灯火管制造成的夜间黑暗，发现了仙女星系中两类星族：星族 I 恒星，由年轻的恒星组成，通常分布在星系的旋臂内；星族 II 恒星，则是年长的恒星，通常出现在星系的中心。以上规律适用于银河系和大部分的旋涡星系。

　　近年来，天文学家们开始寻找假想中的星族 III 恒星是否存在。该类恒星未曾被直接观察到，被认为是宇宙中最早形成的恒星，如今对于它们是否已经全部消失，还是仍有几颗残存在宇宙中，尚无答案；2020 年 9 月印度莫哈里科学教育研究所（Indian Institute of Science Education and Research）的研究员贾扬塔·杜塔（Jayanta Dutta）及其同事在《天文物理学报》发文，提出部分星族 III 恒星仍存在于银河系内。

　　最后，威尔逊山天文台的建成，使天文学取得了突飞猛进的进步，并见证了现代宇宙学的诞生。而在帕洛玛山天文台也有着同样重要的发现，特别是在 1948 年 5 米口径海尔望远镜落成后，它一度是是世界上最大的天文望远镜。在那些不可胜数的发现中，必须一提的是类星体在可见光波段的首次发现。该星体是 20 世纪 50 年代发现的神秘无线电波的发射源，后被认为是活动性很强的星系核，与地球的距离十分遥远，其内部有巨大的黑洞，吞噬着周围物质。

---

① 沃尔特·巴德（Wilhelm Heinrich Walter Baade，1893—1960），德国天文学家。曾对宇宙距离的尺度做出修正。

上图　由哈勃空间望远镜拍摄到的 UGC 12158 星系，它与银河系十分相似。第一次世界大战期间，沙普利曾试图测定我们所在星系的大小及太阳在其中的位置，得出了太阳并非处在银河系中心的正确结论。图片来源：欧洲航天局 / 哈勃太空望远镜美国国家航空航天局。

上图　通过研究仙女座星系，沃尔特·巴德发现了有两类星族的存在——星族 I 恒星，由蓝色的年轻恒星所组成，普遍位于星系的旋臂，这使得旋臂有着更加明显的蓝色；星族 II 恒星，由红橙色的老年恒星组成，普遍出现在星系的中心，所以星系中心的橙色看起来更加明显。

上图　坐落在撒丁岛卡利亚里［卡利亚里（Cagliari），是意大利撒丁大区的首府］的直径 64 米射电望远镜。图片来源：WikiAndrea（CC BY-SA 3.0）。

射电天文学与外星生命

　　射电望远镜可用于同外星生命（如果存在的话）进行沟通。因为射电望远镜是一种能接收射电波的设备。射电波以光速传播，不受星际尘埃的阻挡，恒星所发射的射电波极其微弱。因此，人工无线电信号更容易被识别（可见光信号不容易被识别）。但是用哪种频率呢？用星云的中性氢区所发射的 1420MHz，外星人应该也熟知这一频率，它可以作为一个"宇宙标准"来使用。此外，也可以在多波段接收甚至发射。如数字 π，既可以证明这个信号是人为的，也可以表明我们是……智慧生命。

多波段天文学

　　类星体的发现，引进了一个新事物——多波段天文学，即对电磁光谱不可见区域波段天体的观测。在 20 世纪 50 年代的全天空无线电观测期间，首次发现了类星体。射电天文学始于 20 世纪 30 年代，美国人卡尔·吉德·央斯基（Karl Guthe Jansky，1905—1950，美国无线电工程师，发现了来自银河系的无线电波）在负责处理地表无线电信号传输问题时，意外发现来自银河系中心的信号，导致这

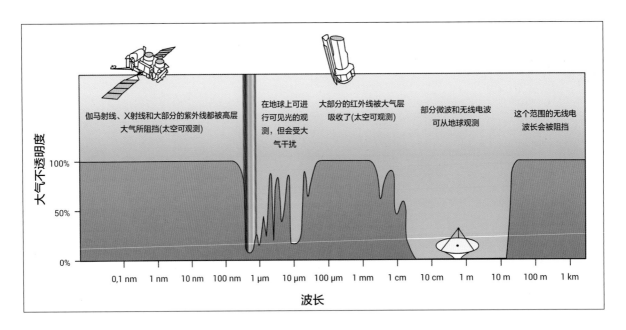

在整个电磁波谱中只有部分波段可以穿透地球大气层（即没有被吸收）。这部分波段包括小部分紫外线、可见光、部分红外线和无线电波。如果要研究其他波段的天体辐射，则要靠卫星仪器来接收。

种信号的是银河系中心黑洞人马座 A 的气体动力。为了研究射电波，需要用到大型抛物面射电望远镜，它们十分庞大，因为一台射电望远镜的分辨率与所观察的射电波波长成反比，与望远镜的口径成正比。所以在射电波传播中，波长越长分辨率越低，所以需要用大口径望远镜来提高分辨率。

目前，中国拥有世界上最大的射电望远镜 FAST[①]，其口径为 500 米。而在 1963 至 2016 年雄踞榜首的是 300 米口径的 Arecibo[②]。FAST 于 2016 年投入使用，而 Arecibo 则在停止使用几周后，于 2020 年末坍塌。除了类星体外，在射电波和微波领域的重大发现还包括：1964 年发现的宇宙背景辐射、1967 年发现的脉冲星和近几年发现的快速射电暴，关于该现象的确切性质仍未有定论。

一般来说，多波段天文学的研究会遇到一个常见问题。地球对可见光透过率高，所以我们的眼睛才能看到那些可见光，而不可见光则看不见，其他波段也会被大气以不同的方式吸收。射电波和微波也会被部分吸收，但由于它们的剩余部分波段透过率较高，因此可以从地球上观察到（再说，很难想象把 FAST 安在一颗卫星上……）。

至于其他波段，也会被大气以不同程度吸收，所以将望远镜发射到太空去是十分有必要的。在红外波段，是可以部分透过大气层的，因为环境温度下的物体，包括地球本身，都会辐射红外线，所以波段的探测会受到这种背景亮度的影响。因此红外波段望远镜或红外望远镜一般放置在南极洲那样温度较低

---

① 位于中国贵州省的直径 500 米的球面射电望远镜。

② 位于波多黎各的阿雷西博射电望远镜。

上图 半人马座 A 的中心有一个超大质量的黑洞，它会产生强大的喷流和物质裂片。上图经由以下照片叠加处理：一张是由马克斯·普朗克协会和欧洲南方天文台望远镜在可见光波段拍摄的，另一张（橙色部分）则是由欧洲南方天文台的 APEX 望远镜在红外波段拍摄的，还有一张（蓝色部分）是由美国国家航空航天局的钱德拉 X 射线天文台拍摄的。图片来源：欧洲南方天文台宽场成像仪（可见光）；马普无线电天文研究所；APEX 望远镜 /A. 维斯等人（红外线）/ 美国国家航空航天局 /CXC/CfA/R. 克拉夫特等人（X 射线）。

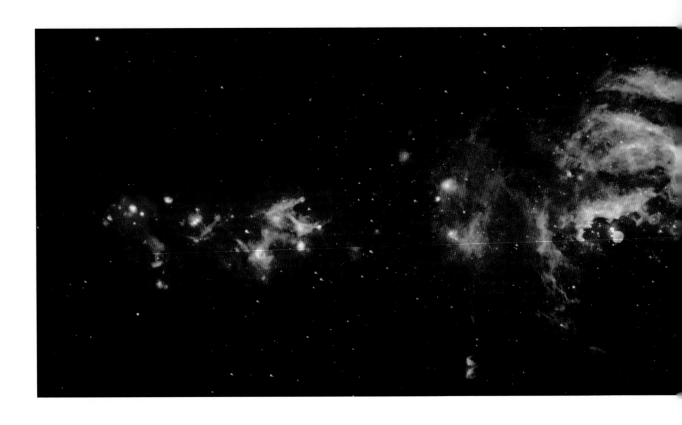

的地方，或者高海拔的地方，这种地方的地表红外辐射较低。红外波段可用于观
测星系中尘埃含量高的地方，比如最常见的银道面和能形成恒星的星云，因为可
见光波段比红外波段更受星际尘埃的影响 [1]。美国国家航空航天局曾于 2020 年
2 月发布了一张红外波段的银心图，银心在可见光波段下是无法观测的，所以
这张图片结合了安装在飞机上的 SOFIA 望远镜和红外空间望远镜 Herschel 和
Spitzer（如今二者均已退役）所捕捉到的数据。红外波段也可用于研究低温恒
星和系外行星，像地球一样，它们也会辐射红外线。

　　而其他的研究则依靠短波，如紫外线、X 射线和伽马射线这些高能波段。同
大部分的紫外线一样，这种短波会被地球大气所吸收，所以观测紫外线需要用到
空间望远镜。高能电磁波由高温天体或正在进行剧烈活动 [2] 的天体发射。比如，
高温恒星和灼热的日冕 [3] 均会发射紫外线；紫外天文台有太阳和日球层探测器
SOHO 和太阳动力学观测台等。

　　X 射线天文学专门研究能从星冕中辐射强烈 X 射线的低温恒星，如红矮星。

---

① 指星际消光。即天体所发出的电磁波被尘埃等星际弥漫物质所吸收和散射，导致光度减弱。

② 如天体的碰撞。

③ 天文学术语。指太阳大气的最外层，温度可达 100 万℃。

星冕是恒星外围的一层很稀薄且温度高的大气层（高达数亿摄氏度）。再如，超新星遗迹，黑洞附近的吸积盘和包含白矮星、中子星和黑洞的双星系统等，都能发出 X 射线。总而言之，X 射线往往与高能剧烈活动的恒星有关。而能量更高的伽马射线的形成也是同样的道理，伽马射线暴来源于超新星、极超新星或骇新星坍缩成黑洞并高速旋转的超大质量恒星，能释放比超新星高 100 倍的能量和伽马射线暴（Gamma Ray Burst，简称为 GRB），发现于 1967 年的伽马射线暴是一种已知的最具能量的天文现象，其本质是一种电磁波。其起因可能是极超新星或骇新星的剧烈活动，又或者是中子星与中子星或中子星与黑洞的合并。最高能量的伽马射线暴是 2019 年 1 月观测到的 GRB 190114C，同年 11 月在《自然》杂志上，多位 "Magic Collaboration"[1] 的科学家发表了一篇关于该伽马射线暴的论文。人类不仅观测到了这种宏伟且令人生畏的神奇现象，还逐渐地加深了对它的了解。多波段天文学的发展，不仅向我们展示了令人难以置信的全新视野，还开启了第二次仪器革命，这次革命足以同伽利略望远镜所引发的第一次革命相媲美。无论是伽利略望远镜，或是帕洛玛山天文台望远镜，抑或是 X 射线空间望远镜，它们都只是一种仪器。倘若没有那些闪烁着智慧光芒的大脑和心脏，这些最重要的仪器就不会有用武之地。

---

① MAGIC 是大型大气伽马射线成像切伦科夫望远镜，该望远镜所在天文台与多个国家的天文研究所有合作。

右图　美国国家航空航天局太阳动力学观测台在紫外波段拍摄到的日冕伪色图。图片来源：美国国家航空航天局 / 戈达德航天中心 / 太阳动力学天文台 AIA Team。

右图　超新星遗迹仙后座 A，展示了多波段天文学的成像实力；本图为多个望远镜成像叠加所得，它们分别是：美国国家航空航天局费米伽马射线空间望远镜（品红色），美国国家航空航天局钱德拉 X 射线空间望远镜（蓝色和绿色），可见光下的哈勃空间望远镜（黄色），美国国家航空航天局 斯皮策空间望远镜（红外）和位于新墨西哥州的甚大天线阵（橙色）。图片来源：美国国家航空航天局 / DOE/Fermi LAT Fermi LAT 合作组织，CXC/SAO/ 加州理工学院喷气推进实验室 / 斯图尔德 /O. 克劳斯等人 / 美国国家射电天文台 /AUI – 美国国家航空航天局费米伽马射线太空望远镜。

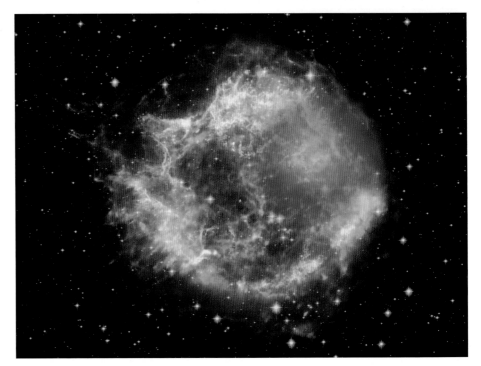

船底座的奥秘

　　船底座星云是一个恒星形成区。本图由甚大望远镜（Very Large Telescope）拍摄，这是一座由欧洲南方天文台建于智利帕瑞纳天文台的望远镜。红外望远镜可穿透星云中的星际尘埃，并揭示隐藏在尘埃背后的东西。

出处：欧洲南方天文台/T.普雷比希。

第四章

现代大型
天文台

荒漠、高海拔地区和极地都是天文台
的最佳选址，因为这些地方降水较少，
没有光污染，且不受大气湍流 [1] 的影
响。

———————
① 天文学术语。是一种大气的运动形式，会对波的传播产
生一定的干扰。

在前几章中，我们回溯了天文学历史的重要阶段。现在，我们来了解一下现代大型天文台。现代望远镜的尺寸远超帕洛玛山天文台的 5 米口径海尔望远镜。在未来，反射望远镜将越建越大，甚至会同过去的天文台一样大。

如今，世界上的大型望远镜都是反射望远镜，而不是折射望远镜 [①]。在 1900 年的巴黎万国博览会上曾展出有史以来最大的折射望远镜，其口径为 125 厘米。折射望远镜被弃用的主要原因是：当其镜筒超过一定长度时，望远镜镜身会变得十分沉重，并且透镜会因自身重力而变形；然而，面镜则轻巧许多，因为它的表面可以覆上一层反射薄膜，无需完全由玻璃制成（或其他更高科技的材料）。此外，透镜的承重面集中在其边缘，而面镜的支撑方式则为整个镜体。不过，超过了一定尺寸的面镜也会发生变形。

[①] 反射镜与折射镜也称为透镜和面镜，透镜是光穿过透镜折射到我们眼睛里的，面镜是光未穿透面镜但发生反射被我们感知的，二者最大区别在于光的传播方式，一个是穿透镜面的折射，一个是未经穿透镜面的反射。

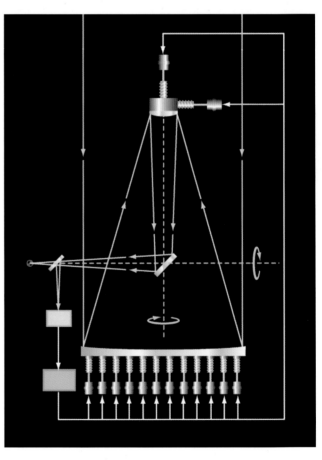

上页图　坐落在智利阿塔卡马沙漠的帕拉纳尔天文台。因建造欧洲南方天文台的这四座甚大望远镜（VLT），沙漠的表面被平整处理过。在图片的背景中，可以看到高 6720 米的尤耶亚科火山。这座火山位于天文台 190 千米以外，此处空气透明度高。图片来源：欧洲南方天文台 /G. 胡德波尔（atacamaphoto.com）。

上图　自适应光学的原理：在促动器的作用下，望远镜的主镜会被实时校正，以保持正确的形状。

上图　四座由欧洲南方天文台建造的甚大望远镜（VLT），坐落在帕拉纳尔天文台。这四座望远镜均具备自适应光学能力。图中的黄色射线是用来制作人造恒星的镭射光，用以矫正大气湍流的影响。图片来源：欧洲南方天文台 /S. 布鲁尼尔。

主动光学与自适应光学

随着 20 世纪 80 年代主动光学的出现，面镜变形的问题得到了解决，通过放在面镜背面的促动器，实时纠正面镜的变形，以此补偿机械应力、热力膨胀和风等因素对镜面的影响。该技术是构建拼合镜面望远镜的基础，即望远镜主镜由多块小镜面拼接而成，并通过主动光学来维持理想的形状。此外，主动光学也是研制直径 8—10 米级望远镜的关键技术。

诞生于 20 世纪 90 年代的自适应光学则更为先进。二者的原理是一样的，但自适应光学补偿的影响因素是大气湍流，这是个一直困扰着天文学家的难题。由于大气层各处的温度和密度皆有不同，大气中的多个"空气团"会不停地发生交换。当光束通过大气湍流传输时，光的传输方向会因湍流运动而受到扰动，并出现随机变化，这就使得光看起来是闪烁的（这就是星星闪烁的原因）。此外，湍流会导致望远镜成像质量降低。

大气环境是难以更改的，所以天文学家们只能改善望远镜的镜面形状，以补偿湍流产生的影响。如此，便出现了自适应光学。为了估算湍流情况，首先要找到一颗位于目标恒星附近的亮星，因为目标恒星和这颗亮星会经过同样的大气层。如果目标恒星的附近没有这样一颗恒星，也可以向天空发射激光束，生成人造恒星，此光束的光也会被大气折射和散射。无论是天然的还是人造的，控制望远镜的系统会先分析这颗恒星的特性，特别是其波前畸变状况，然后通过促动器实时估计湍流的影响，并纠正镜面的形状，从而纠正波面像差。而且，自适应光学系统在每一毫秒内都会做出新的修正。

寻找黑暗

天文台选址也不断经历着变化。从前，天文台选址在城内是很常见的，比如，1764 年建在米兰的布雷拉天文台。然而，由于 20 世纪以来日渐严重的光污染，令天文观测变得困难重重，天文台选址只得远离城区。梅拉特天文台于 20 世纪 20 年代建成，位于（当时）城外约 30 千米，与布雷拉天文台有着紧密的联系[①]。在这十几年来，由于市中心的扩张现在的天文台选址只能定在那些十分偏僻的地方。意大利境内也有少数的适宜地点，比如 2003 年建造在圣巴泰勒米谷的瓦莱达奥斯塔天文观测台。同时，

---

① 自建成起，两处天文台一直共享行政管理。

拓展阅读
大气消光

　　除了大气湍流外，天文学家还需要处理消光问题。经过大气的星光，会被气体分子、大气悬浮分子、水滴和悬浮的冰晶等吸收和散射，导致到达天文台的光通量[①]减少。这种吸收和散射的现象就叫作大气消光。在干燥洁净的地方（湿度较低，悬浮粒子较少）或者大气层稀薄的高海拔地区，消光的影响较小。一般情况下，短波长（紫蓝光）比长波长（红光）更受消光作用的影响。事实上，那些外观看起来是浅红色的恒星，它们的星光颜色取决于大气情况和它们在天空的高度（如果位置低的话，看起来会更红）。因此，太阳和月亮在升起降落时看起来是浅红色的，晴朗的天空看起来是蓝色的，蓝光易被大气散射（实际上，比起蓝光，紫光更容易被散射，只不过在太阳光谱中，蓝色波段比紫色波段长，而且我们的眼睛对蓝色也更加敏感）。

　　① 指人眼所能感觉到的辐射功率。

上图 莫纳克亚天文台所在地的海拔超过 4 千米，这能减少大气消光对天体星光的影响。图中望远镜为凯克望远镜。图片来源：Bob Linsdell (CC BY 3.0)。

随着航空运输和国际合作的蓬勃发展，在沙漠和岛屿等地球上空气条件最好的地方建起了各国联合的天文台。这些地方的夜空往往有着大气湍流弱和光污染低的特点。拥有大型望远镜的天文台数不胜数，难以一一列举。现在，我们去认识几个重要的天文台，它们均配备了有着出色聚光能力的望远镜。

大洋之中

建造在大洋之中的岛屿上的世界最大的两个天文台是泰德峰天文台和穆查丘斯罗克天文台，它们分别坐落在西班牙加那利群岛的特内里费岛和拉帕尔玛岛，两处天文台的海拔均在 2400 米左右。在夏威夷群岛的同名最大岛夏威夷岛中，矗立着莫纳克亚天文台，它坐落在莫纳克亚火山 4200 米处。这些天文台的所在地都有着适宜的环境条件——大气湍流弱；水蒸气会在低空凝结成云，而这些天文台都在云层上方。这些天文台制作的明信片显示，日落时分，大型望远镜正在云海之上打开。加那利群岛上的天文台由加那利天体物理研究所管理，这些天文台共同组成了欧洲北方天文台（European Southern Observatony，简称为 ENO），这是和欧洲南方天文台（European Southern Observatony，简称为 ESO）一样的国际天文组织。多亏了这两座天文台，不少国家能同时对地球南北两半球的天空进行研究。尽管泰德峰天文台上也建有重要的望远镜，但穆查丘斯罗克天文台上的望远镜更受世人瞩目。比

阿尔卑斯山之星

在意大利的众多天文台中，瓦莱达奥斯塔自治区[①]天文台是最新建成的天文台之一。该天文台位于圣巴泰勒米谷，于 2003 年建成，在科研成果、技术转移、教学与传播等方面均负有盛名。它面向学生和公众开放，使得大众可以在专业研究员的指导下用肉眼或者望远镜来观测星空。天文台旁边是一个刚翻新完的超现代数字天文馆。多亏了欧盟基金与地方政府部门协同实施的减少光污染政策，天空的黑暗才得以保持，这使得望远镜所在地区获得了意大利第一个星光公园的认证。星光公园认证由星光基金会颁发，由联合国教科文组织认可。

① 意大利西北部大区，西部与法国相连，北部与瑞士接壤，是意大利面积最小的大区。

上图　瓦莱达奥斯塔自治区天文台运行中的望远镜。图片来源：乔瓦尼·安蒂科，克莱芒·菲耶特罗慈善基金会 www.gantico.com。

如，口径达 10.4 米的加那利大型望远镜，世界上最大的单一口径光学望远镜（其他小尺寸的望远镜可通过组合成为干涉仪，获得比该望远镜更大的等效口径）；口径 4.2 米的威廉·赫歇尔望远镜和口径 3.58 米的国立伽利略望远镜[①]。以上望远镜的工作波段是可见光和近红外，凭借高海拔的优势，这些望

① 该望远镜坐落在西班牙拉帕尔玛岛，其使用权归意大利所有。

上图　国立伽利略望远镜正在为随后的观测工作做准备。该望远镜隶属于加那利群岛的拉帕尔玛岛的穆查丘斯罗克天文台。图片来源：Gianni0088 (CC BY-SA 4.0)。

上图　30米望远镜建成后的效果渲染图，该望远镜计划建于夏威夷群岛或加那利群岛。未来一代望远镜的尺寸将难以想象。图片来源：三十米望远镜国际天文台。

第四章　现代大型天文台 —— 79

阿塔卡玛大型毫米波天线阵

　　阿塔卡马大型毫米 / 亚毫米波阵（阿塔卡玛大型毫米波天线阵）由数个抛物面接收器组成，它是世界上能观测红外与微波之间的电磁光谱区域的最重要的望远镜，观测波长 0.32—3.6 毫米。望远镜的抛物面接收器之间保持一定距离，借助干涉测量技术，使得阿塔卡玛大型毫米波天线阵望远镜能提供比巨大的单碟射电望远镜更高分辨率的观测结果。阿塔卡玛大型毫米波天线阵的重要探索领域之一是研究恒星和行星的形成。出处：克莱姆和阿德里·巴克里 - 诺米尔（wingsforscience.com）/ 欧洲南方天文台。

望远镜的威力有多强大？

在我们使用望远镜的时候，不免会好奇"这台望远镜能有多强大？"又或者"它能放大多少倍？"。望远镜的性能主要取决于其聚光能力，而非放大能力。而望远镜的聚光能力则取决于最大的那块面镜或透镜的表面积，由于圆的面积与其直径成比例，那么一台拥有两倍直径的望远镜的聚光能力就是另一台普通望远镜的四倍。因此，若欧洲南方天文台的四座甚大望远镜同时运行，其聚光力就相当于一座 16.4 米直径的单一口径望远镜，而不是 32.8 米的。

远镜的近红外观测工作获得了累累硕果。

另一个岛上天文台是莫纳克亚天文台。在这个天文台内，建有两台曾是世界上最大的光学望远镜，即从 20 世纪 90 年代开始运行的 10 米直径的凯克望远镜。现代望远镜的最大口径是 10 米，如凯克望远镜、前文已经介绍过的加那利大型望远镜、位于得克萨斯州麦克唐纳天文台的霍比－埃伯利望远镜望远镜和非洲南部的南非大型望远镜等。一般来说，自 20 世纪中叶帕洛玛山天文台海尔望远镜的落成到 20 世纪末，天文望远镜的口径一直维持在 5 米左右，譬如海尔望远镜和前苏联的自 1975 年开始投入使用的 6 米 BTA-6 望远镜。然而，从 20 世纪 90 年代开始至 21 世纪初，主动光学的出现促成了 10 米口径望远镜的诞生。现在，新一轮的革新又开始了，即建造口径为 30—40 米的望远镜，位于莫纳克亚山的 30 米望远镜和欧洲南方天文台的 39 米特大望远镜，在随后的章节我们将会再次探讨这座特大望远镜。

30 米望远镜（TMT）的镜面由 492 块六边形镜面拼接组成，每块子镜口径为 1.4 米。望远镜的圆顶直径将达 65 米，高度达 20 层楼。该项目的实施也遇到了一定的麻烦，因为莫纳克亚山是夏威夷当地文化中的一座圣山；除此之外，还有一些涉及环境影响方面的问题，因此有人提出了一些解决办法，比如将望远镜的选址由莫纳克亚山改至位于拉帕尔玛岛的穆查丘斯罗克天文台。

在莫纳克亚天文台还建有其他的大型望远镜——口径 8.1 米的北双子望远镜。那么顾名思义，它的双胞胎兄弟就是南双子望远镜，这座望远镜位于智利，与北双子望远镜共同覆盖全天的天区；尺寸相近的还有日本的口径为 8.2 米的昴星团望远镜。

世界上最干燥的地方

如果现今的技术已经成熟到能在极端条件的地方建设天文台，那何不选择沙漠呢？清澈的天空和

上图　四座甚大望远镜（VLT）之一，图像背景是一台辅助望远镜。该图的拍摄地点为智利帕拉纳尔山的山顶。

上图　特大望远镜（Extremely Large Telescope）的外观渲染图，其主镜为 39.3 米。留意一下望远镜底部的汽车和卡车的大小便可作对比。出处：欧洲南方天文台 /L. 卡尔卡达 /ACe 联盟。

干涉仪

　　望远镜的分辨率，即望远镜分辨天空中两个角度相近的天体的能力，此分辨率与主镜的直径成比例。通过应用干涉仪技术，可以联合使用两个或多个独立的望远镜，以进一步提高分辨率。该技术涉及两个（或多个）相关望远镜的聚光（或其他波长），或通过波的叠加去分析干涉图样[①]。通过这种分析，望远镜的分辨率可以达到与一台大小等同于与其之间距离的望远镜的水平。当四架甚大望远镜作为同一个干涉仪工作时，分辨率就会大有提高。分辨率与目标天体的波长成反比，这意味着射电波段等长波的频率低，所以干涉仪广泛应用于射电望远镜。

①　即频率相同的两列波叠加而成的波的干涉所形成的图样。

上图　詹姆斯·韦布空间望远镜（James Webb Space Telescope, 简称为 JWST），其主镜由多块子镜组成，直径为 6.5 米。这台下一代美国国家航空航天局的空间望远镜于 2021 年下旬[①]发射升空。

①　JWST 的初次升空计划定在 2007 年，但因经费不足等诸多问题，在推迟 15 年之后，才最终在北京时间 2021 年 12 月 25 日发射升空。

稀少的降雨都能保证沙漠有着晴朗的天气。于是，我们选择了位于智利的阿塔卡马沙漠[1]，这是除了极地之外世界上最干燥的地方。这里的一些地方年平均降雨量只有 1—3 毫米，有些地方已经连续 4 年没有降雨了，甚至很多气象站从来没有降雨记录。这里气候干旱，平均海拔较高，没有光污染（这种条件不利于建设大城市），所以阿塔卡马沙漠是一个完美的天文观测点。欧洲南方天文台是一个国际组织，意大利是其成员国之一。由该组织运营的天文台一共有三座：拉西拉天文台（La Silla）、帕拉纳尔天文台（Paranal）、拉诺德查南托天文台（Llano de Chajnantor），第四个是仍未建成的阿玛逊斯山天文台（Cerro Armazones）。

第一座是于 1969 年建成的拉西拉天文台，海拔 2400 米；第二座是帕拉纳尔天文台，海拔 2600 米，它拥有欧洲南方天文台最巨大且最具代表性的望远镜——口径为 8.2 米的四座甚大望远镜。

这四座望远镜可以组合成聚光力相当于一台 16.4 米口径的望远镜，因此甚大望远镜可以算是世界上探测能力最强的光学望远镜之一。多亏了强大的聚光能力和精密的自适应光学技术，甚大望远镜有着甚至能与空间望远镜相媲美的非凡成像能力。它与多项科研成果有关，其中包括：捕捉银河系中心的超大质量黑洞旁旋转的单星和首次分析超级地球系外行星 GJ1214B（超级地球是质量高于地球、但远低于天王星和海王星的中等质量的系外行星）。

第三座是拉诺德查南托天文台，海拔 5000 米。此地[2]的气候条件十分优越，特别适合观测红外和微波之间的波长，即介于红外线至 1 毫米的波长。因此，在这个天文台，坐落着能观测上述波长的由 66 个抛物面接收器组成的（大小为 7—12 米）阿塔卡玛大型毫米 / 亚毫米波阵望远镜。同时，该望远镜也用作干涉仪。然而，在未来的几年中，备受瞩目的将会是阿玛逊斯山天文台，海拔高度为 2800 米。在该地附近一座海拔 3000 米的山上，正在建造特大望远镜（Extremely Large Telescope，简称为 ELT），它将是能为下一代天文学家提供服务的世界上最大的望远镜。

ELT 的目标口径为 39.3 米，主镜由 798 面小镜片拼接而成，每块子镜口径为 1.4 米。其口径的大小使得这座望远镜的聚光能力是 10 米口径望远镜的 15 倍，是帕洛玛山天文台的海尔望远镜的 60 倍，是人类肉眼的 100 万倍。此外，该望远镜的分辨率是哈勃空间望远镜的 16 倍。容纳该望远镜的圆顶将高达 74 米，宽达 86 米。ELT 可对可见光与红外波段进行观测，它未来的主要研究对象是系外行星，特别是它们的大气层，大气层特性的分析对于识别宜居行星和可能存在生命的行星来说非常重要。此外，ELT 的研究还将涉及另一个与之相关的领域——行星系统的形成和原行星盘有机微粒的检测。ELT 十分强大，以至于能进行宇宙学的研究，比如大爆炸后出现的首批恒星与星系和宇宙加速膨胀的问题。ELT 将在 2028 年首次指向天空，迎来它的"第一束光"。

---

[1]　位于南美洲西海岸中部的沙漠地区，其主体位于智利境内。

[2]　拉诺德查南托天文台位于阿塔卡马沙漠北部。

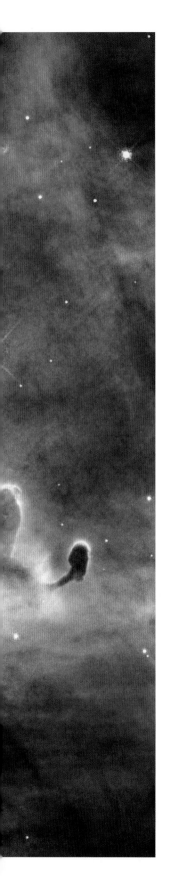

太空中的望远镜

我们提到的上述地点都是极佳的天文观测点，我们的地球上没有比这些更适合的地方了。因此，唯一更完美的地方就是太空。太空时代的开启，实现了无数天文学家们的梦想，在这个时代，诞生了不受大气湍流干扰且能在大气层外观测的空间望远镜。哈勃空间望远镜（Hubble Space Telescope，简称为 HST）并不是第一台空间望远镜，但它无疑是最具代表性的，它所拍摄的超群不凡的图像不仅代表着极大的科学飞跃，也让人类对宇宙有了深刻的认识。哈勃空间望远镜自 1990 年开始运行，其主镜直径为 2.4 米，可观测的光谱范围为紫外波段、可见光和红外波段。其探索成果覆盖多个领域，其中包括：太阳系、星系中的超大质量黑洞、宇宙的年龄及其膨胀的速率。哈勃空间望远镜所拍摄的一系列图像让人们对美有了更深的认识，比如，由星风和新星所雕刻出来的鹰状星云上美轮美奂的尘埃柱，这片尘埃整体长达几光年，被诗意地称为"创生之柱"；又或者，在船底座星云上，由气体和尘埃构成的高达 3 光年的"神秘山"。

现今，哈勃空间望远镜仍在服役，但其辉煌的职业生涯也即将结束，未来的任务将交给它的继任者——早已建成的詹姆斯·韦布空间望远镜（JWST）。该望远镜的主镜口径为 6.5 米，由 18 块子镜组合而成，这保证了韦布空间望远镜的聚光能力是哈勃空间望远镜的 7 倍。它的工作范围是可见光中波长较长的部分和红外波段。在这个电磁光谱区域内能观测到最遥远的星系，由于宇宙膨胀，星系的星光会发生宇宙红移的现象，也就是光谱的谱线朝红端"移动"。韦布空间望远镜将能观测到在宇宙大爆炸几亿年后形成的一些星系。红外波段波长适合观测低温恒星，比如褐矮星、系外行星和星际尘埃的聚集地，如形成恒星的星云。韦布空间望远镜已在 2021 年 12 月 25 日发射升空。

左图　由哈勃空间望远镜拍摄的船底座星云的"神秘山"。图片来源：美国国家航空航天局，欧洲航天局，M. 利维奥和哈勃太空望远镜 20 周年纪念团队（太空望远镜科学研究所）。

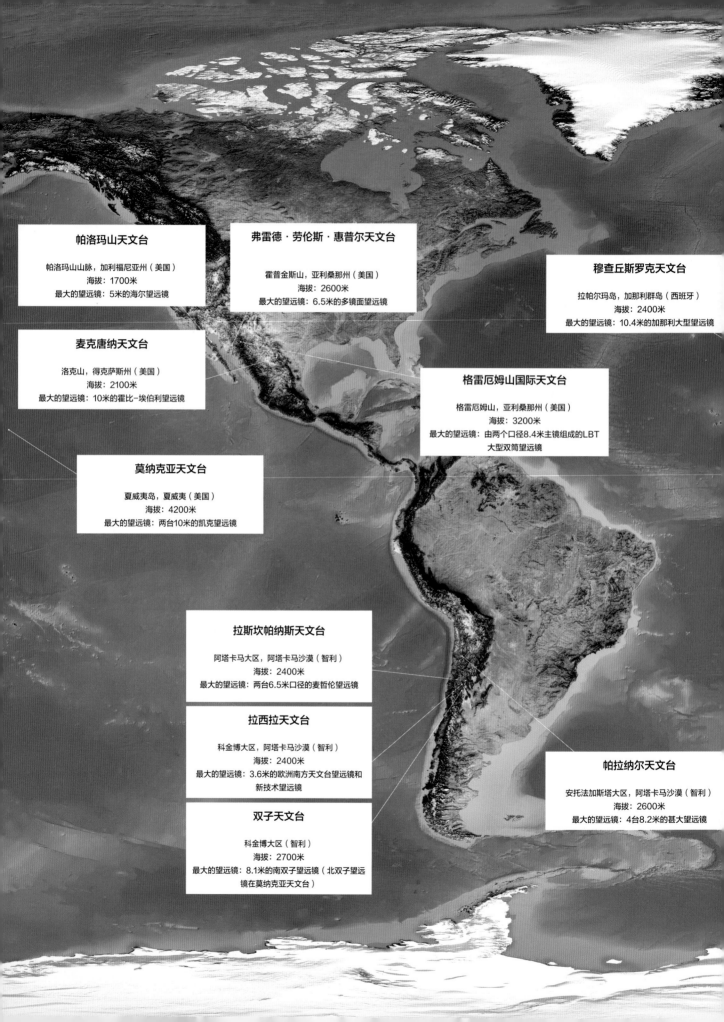

帕洛玛山天文台

帕洛玛山山脉，加利福尼亚州（美国）
海拔：1700米
最大的望远镜：5米的海尔望远镜

弗雷德·劳伦斯·惠普尔天文台

霍普金斯山，亚利桑那州（美国）
海拔：2600米
最大的望远镜：6.5米的多镜面望远镜

穆查丘斯罗克天文台

拉帕尔玛岛，加那利群岛（西班牙）
海拔：2400米
最大的望远镜：10.4米的加那利大型望远镜

麦克唐纳天文台

洛克山，得克萨斯州（美国）
海拔：2100米
最大的望远镜：10米的霍比-埃伯利望远镜

格雷厄姆山国际天文台

格雷厄姆山，亚利桑那州（美国）
海拔：3200米
最大的望远镜：由两个口径8.4米主镜组成的LBT
大型双筒望远镜

莫纳克亚天文台

夏威夷岛，夏威夷（美国）
海拔：4200米
最大的望远镜：两台10米的凯克望远镜

拉斯坎帕纳斯天文台

阿塔卡马大区，阿塔卡马沙漠（智利）
海拔：2400米
最大的望远镜：两台6.5米口径的麦哲伦望远镜

拉西拉天文台

科金博大区，阿塔卡马沙漠（智利）
海拔：2400米
最大的望远镜：3.6米的欧洲南方天文台望远镜和
新技术望远镜

帕拉纳尔天文台

安托法加斯塔大区，阿塔卡马沙漠（智利）
海拔：2600米
最大的望远镜：4台8.2米的甚大望远镜

双子天文台

科金博大区（智利）
海拔：2700米
最大的望远镜：8.1米的南双子望远镜（北双子望远
镜在莫纳克亚天文台）

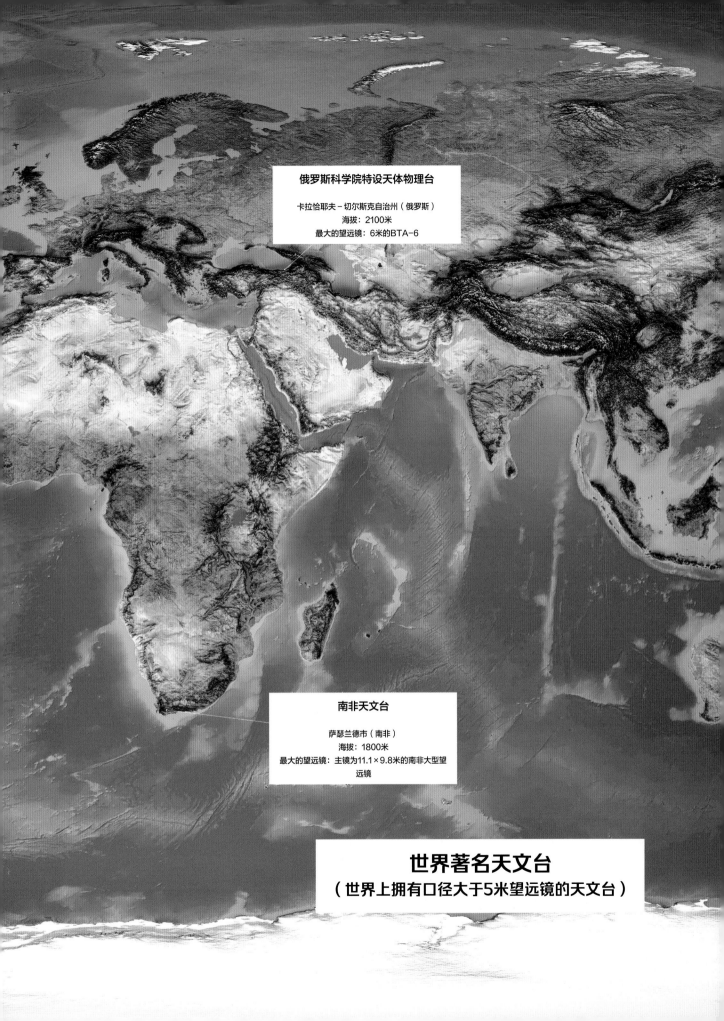

俄罗斯科学院特设天体物理台

卡拉恰耶夫－切尔斯克自治州（俄罗斯）
海拔：2100米
最大的望远镜：6米的BTA-6

南非天文台

萨瑟兰德市（南非）
海拔：1800米
最大的望远镜：主镜为11.1×9.8米的南非大型望
远镜

世界著名天文台
（世界上拥有口径大于5米望远镜的天文台）

观天

使用大型望远镜来观测星空是一件十分美好的事情，但如果能用我们的双眼来亲自领略这一美景则更加奇妙。通过了解如天球、赤纬和赤经等概念，可以帮助我们更好地观测星空。

按照人类的标准，天体与我们有着弱水之隔。生物进化让我们得以在地球表面繁衍生息，但并没有教授我们如何登月。人类凭借自身的聪明才智成功登月，这一壮举甚至在某种程度上超越了我们自身的极限。尽管月球是距离地球最近的天体，但我们之间也有着38.4万千米的平均距离[1]，所以登陆月球绝非易事。多亏了我们的双眼视觉[2]能力，得以感知深度，即周遭事物的不同距离。我们来观察一下我们的四周，睁开我们的双眼，随即发现眼前的书桌比身后的那堵墙离我们更近。然而，闭上一只眼睛后，我们的视觉只能感知到平面，尽管我们深知桌子更近，墙壁更远，但已无法感知到深度了。为了分析这种现象，我们需要了解视差。现在，把我们的双眼当作两个视点，通过处理双眼传递的信息，即桌子投射到背景的两个点，大脑可以对这种视差进行测量，并对距离进行估计，还原出这种深度知觉。而当我们闭起一只眼睛，这种视差信息就会消失，那么这种感觉也就不复存在了。

遥远物体的视差会减小，且当与物体超过一定距离后，视差就会变得非常小，甚至无法再被我们的视觉系统捕捉到。比如说，我们眼

---

[1]　此处指的是月球与地球之间的近地点（36.3 万千米）和远地点（40.6 万千米）之间的平均距离。

[2]　即用两只眼睛去观察图像。这是物种发展过程中较为复杂的生理现象。

前 100 米处矗立着一棵树，树后的山脉距离我们 10 千米。凭借我们感知世界的经验，大脑能对这种场景做出分析，得出树距离我们更近的结果，但这并不是一种直接感觉。双筒望远镜前端的两块透镜物镜间的距离比我们双眼的距离大，这代表更大的视差基础，而且还能带来比用肉眼观测更甚的深度感知，但这种感知只限于一定范围内……而遥远的天体就是超范围的。假设现在是一个晴朗的冬夜，月亮、木星，和金牛座最亮的毕宿五，它们在夜空中彼此相近，而我们的肉眼无法感知这些天体与我们距离远近的情况。因为月亮看起来更大，所以从直观感觉上说，看起来离我们更近，而实际上的差距是多少呢？只有通过计算和测量才能揭晓这个答案。木星与地球之间的距离是地月距离的 200 倍，而毕宿五则是 15 亿倍。

天球

由于肉眼无法感知天体的距离，所以当我们仰望天空的时候，总觉得天体似乎都离我们一样远，由此产生了天球这一概念——实际上，这个球体是一个几何图形，在这个图形中的任意一点都与一个固定

最明亮的恒星

名称	视星等	所处天球	意大利是否可见	最佳观测季节
天狼星	-1.46	南天球	是	冬季
老人星	-0.74	南天球	否*	—
南门二	-0.27	南天球	否	—
大角星	-0.05	北天球	是	春季
织女星	0.03	北天球	是	夏季
五车二	0.08	北天球	是	冬季
参宿七	0.13	南天球	是	冬季
南河三	0.34	北天球	是	冬季
参宿四	0.46	南天球	否	—
水委一	0.50	北天球	是	冬季
马腹一	0.61	南天球	否	—
牛郎星	0.76	南天球	否	—
十字架二	0.76	北天球	是	夏季
毕宿五	0.86	北天球	是	冬季
心宿二	0.96	南天球	是	夏季
角宿一	0.97	南天球	是	春季
北河三	1.14	北天球	是	冬季
北落师门	1.16	南天球	是	秋季
天津四	1.25	北天球	是	夏季
十字架三	1.25	南天球	否	—

表中罗列出全天最亮的 20 颗恒星，表格内容包括它们的名称、视星等（取变星的平均值）、所处天球、意大利是否可见和最佳观测季节。

* 只有在西西里岛南部地平线上很低的位置上才能观测到，冬季是最佳观测季。

天上的三颗明珠

　　智利的帕拉纳尔天文台坐落在南纬 24.5°。在这个位置，能同时拍摄到全天最亮的三颗恒星。按图中的顺序，第一颗是大犬座的天狼星；第二颗是船底座的老人星；第三颗是半人马座的南门二星。老人星的左下方是大麦哲伦云，再往下是小麦哲伦云。在天狼星的右下方，可以辨认出猎户座的形状。图片来源：P. 霍拉莱克 / 欧洲南方天文台。

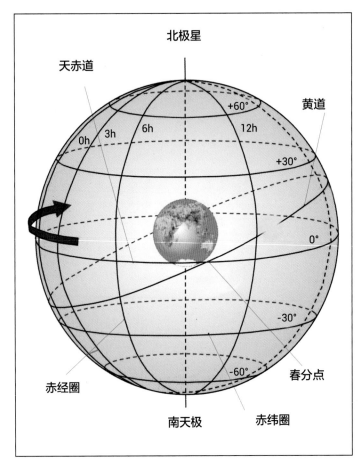

上图　天球。球体上画有天赤道、天极、赤经圈、赤纬圈和黄道。多亏了这些圆圈，我们才能利用类似地理坐标中的经度和纬度来识别天体。图片来源：整理自 DEREKSCOPE。

点等距。"天球"指的是一个与地球同心的球体，即它的中心与地球的中心重合，而且它的半径无限大，所有的天体都投影在这个球面上。我们来看一下这个天球的主要特点。

如果我们把南北地极投射到天空[1]中，就会出现南天极和北天极；将地球赤道投射到天空中，就会形成天赤道；当地球上的经线和纬线被投射到天空中时，自然也会出现相应的天球经纬[2]。就像把地球分成南北半球的赤道一样，天赤道也把天空分为南天球和北天球。因此，相应地出现了，如牧夫座大角星等北天恒星和天狼星等南天恒星；并且，星座也被划分为天鹅座等北天星座和天蝎座等南天星座。此外，还有一些横跨天赤道的星座，它们的区域跨越了南北天球，比如猎户座。北天极下方的地平线以上的坐标指向北方，与其相反的坐标指向南方，中间的坐标则表示东方和西方。

一个自南北方向环绕天球且经过天顶（垂直于我们头顶的点）的假想半圆叫地方子午圈，简称子午圈。北天极（或南方观测者的南天极）在天空中的高度等于观测点的纬度。

于是，在天球上也能构建出同地理坐标相对应的天球坐标系统。纬度在天球上的对应是"赤纬"。赤纬沿天赤道开始计算[3]，符号为 δ；北天球的度数用符号"+"表示，南天球的度数用符号"−"表示[4]。经度在天球上的对应是"赤经"，符号为 α。赤经的计算起点是相关天体的子午圈，即太阳在春分时所处的位置。赤经所采用的单位不是度数，而是小时、分钟和秒钟。赤经的一周是 360°，对应 24

---

① 此处的天空，指假想的天球。

② 指赤经和赤纬，两者共同组成天球赤道坐标系。

③ 天赤道处的赤纬为 0 度。

④ 如天北极为 +90°，天南极为 −90°。

小时，15°对应1小时。因为从地球上看，地球自转（自西向东）是天球在一天内的一周自转（自东向西）。因此，360°对应24小时（更准确地说，天球一周的自转所需时间为一个恒星日，即23时56分，而不是24小时，但无需作此强调）。

显星、隐星、拱极星和出没星

在任何时候，观测者都能从地球上的任意一点处看到地平线上的半个天球，而另一半则在地平线以下。随着时间的前进，由于地球自转，天球的一部分会从东边升起，另一部分则会在西边落下，所以在夜间能看到一半以上的天球区域。此外，天球的可见球面取决于一年中的不同月份。事实上，当地球绕太阳公转时，未被太阳照亮的半球是夜半球，它在不同的月份会朝向不同的天区，即不同的星座区域，因此每个恒星都有自己的最佳观测季。地球公转一周为360°，一年为一圈，每个月转十二分之一，即30°。因此，晚上某个时刻看到的某个星座区域，在一个月之后会向西移动30°。比如说，猎户座，在一月中旬晚上十点时，会出现在南方。等到了二月中旬晚上十点时，它已经向西移动了30°；但由于天球每小时自东向西旋转15°，那就意味着两个小时前，也就是晚上八点的时候，猎户座比十点时的位置偏东30°，即猎户座一月份晚上十点时所处在的朝南方向。一般情况下，此刻天空上一颗恒星或者一个星座，会在一个月后提前两个小时，出现在同一个地方。

有一些恒星，尽管也有相应的最佳观测季，但实际上这些恒星是全年可观测的，因为它们永不落下，这就是所谓的"拱极星"，最靠近天极的恒星。它们从极点下面穿过，且永不没入地平线以下；其他会升起降落的恒星，则叫作"出没星"。"到子午线"，即出没星升起且穿过子午线的现象。穿过此线后，恒星就会开始降落；拱极星会在两个不同的点经过子午线，当它在天极上方时，这个点是上中天；在天极下方时，这个点则被称为下中天。

另一个重要的圆圈是黄道，即太阳的视路径，指地球轨道在天球上投影。若地球自转轴和轨道平面垂直，那么黄道就会和天赤道重合；但由于这条轴相对于垂线倾斜了23.5°，因此黄道相对于天赤道也倾斜了23.5°，并同天赤道相交于两点，所以黄道的一半在北天球，另一半在南天球。当太阳经过任意一个相交点时，昼夜平分时便开始了，即春分时，太阳从南天球向北天球运动；秋分时，太阳从北天球向南天球移动。当冬至与夏至来临时，太阳分别会运行到黄道上的北半球最高赤纬（夏至）和南半球的最高赤纬（冬至）。对于在南半球生活的人来说，季节是相反的[①]。在第一章里介绍过的行星和月亮也位于黄道附近，接下来的太空探索便从它们开始。

---

① 指南北半球季节相反。冬至日，南半球处于夏季；夏至日，南半球处于冬季。

上图　在这张长时间曝光的照片中，我们可以看到瓦莱达奥斯塔自治区天文台和地球自转引起的周日视运动。位于"恒星旋涡"中心的是北天极，附近几乎静止不动的恒星是北极星。图中围绕在极点周围且永不落下的恒星就是拱极星。图片来源：妮琪·米勒，代表克莱芒·菲耶特罗慈善基金会和欧洲南方天文台。

观测月亮与行星

除了海王星之外，所有行星都是肉眼可见的。天王星的星光十分微弱，是人眼能看到的极限，但其他行星都是璀璨夺目的，是全天最明亮的可见天体。对于地球上的观测者来说，那些最靠近太阳的行星，这里指的是水星、金星，同其他行星相比，在可见度上有着天壤之别。当上述的其他行星[①]处于"冲日"[②]时，将位于地球的对面（准确地说，是与地球赤经相反，即相差 12 小时），且与地球和太阳处于同一条线上，地球位于太阳和行星中间。这是观测天体的最佳时机，因为此时它们距离相近且足够明亮，在望远镜中也比平日大，而且整夜可见，由于行星处于"冲日"，所以将会在日落之后升起，黎明时分落下。而当"合日"[③]发生时，行星与太阳为同一方向（赤经相同），因此无法从地球上观测到；行星与太阳相距 90°的这一现象，称为"方照"。

---

① 即外侧行星，指地球环绕太阳运动的轨道外侧的行星，冲日是外侧行星特有的现象。外侧行星包括火星、木星、土星、天王星和海王星等。

② 冲日：简称冲，是由地球上观察天体与太阳的位置相差 180°，即天体与太阳各在地球两侧的天文现象。

③ 合日：简称合，指太阳在行星与地球之间取向于一直线的天文现象。

我们选择北半球某个纬度为 λ 的观测点（南半球也一样）。在所谓的"余纬度"，即赤纬等于 90° − λ（取绝对值，不考虑惯例上南半球赤纬的减号）的范围内，从这个观测点能看到的属于该半球（北半球）的全年可见的恒星数量，比另一个半球（南半球）的多。让我们来看一下这两个例子：斯德哥尔摩，λ 值 = 北纬 59°；巴勒莫，λ 值 = 北纬 38°。也就是说，斯德哥尔摩的余纬度是 90° − λ = 31°，巴勒莫的余纬度则是 90° − λ = 52°。这意味着在斯德哥尔摩可见的恒星的赤纬最大值是 31°，也就是 δ = −31°，在这个赤纬以南的恒星均不可见；同时，巴勒莫的赤纬最大值是 52°，也就是 δ = −52°。

此外，同一半球的赤纬值大于 90° − λ 的恒星都是永不落下的，即斯德哥尔摩处 δ 大于 31° 和巴勒莫处 δ 大于 52° 的恒星。所以，在斯德哥尔摩可以观测到更多的拱极星，而在巴勒莫则可以看到更多的南半球恒星。此外，还存在一些临界情况，在赤道上，可以看到两个半球，但是没有拱极星；在极点上，只能看到自身所处半球的恒星，且所有观测到的恒星均呈现为拱极星。

然而，与水星和金星有关的现象是"合日"和"大距"现象，而不是"冲日"或者"方照"。当它们位于太阳和地球之间的时候，是"下合"；而当它们处于太阳外侧时，则为"上合"。当行星运行至大距，即与太阳的最大夹角处时，就是观测这两颗行星的最佳时机。金星和水星也会呈现出像月球那样的相位变化。当行星处于上合时，会呈现出"满月"的形状；而当行星处于大距时，只有一半的球体会被照亮[①]；最后，当行星位于下合附近时，将会呈现出一把细镰刀的形状。

水星的最大距角可达 28°，这意味着这颗行星较难观测，只会出现在日落或黎明的晴日空中，靠近太阳且稍高于地平线。但一般情况下，水星的亮度非常高，尽管它的体积很小，但由于靠近太阳，所以能接收到较多的光照。在望远镜中，水星会呈现为一个会发生相位变化的圆盘。

金星的最大距角为 47°，所以这颗恒星是比较容易观测的，因为它比水星离太阳更远，这意味着它在日落之后或黎明之前的可观测时间更长[②]。此外，这颗行星十分明亮，是继太阳和月亮之后全天最明亮的天体，最大亮度值可达天狼星的 20 多倍，因为它是所有行星中反照率最高的（反照率即物体反

---

① 此时天体呈弦月形，下文的细镰刀指蛾眉月形。

② 由于金星离太阳更远，所以不易被太阳光辉所掩盖。

瓦乔莱特塔^① 全景图，位于该塔上方的是御夫座和亮星五车二，右下方是刚刚升起的猎户座。该地赤纬为 +45.8°，对于生活在北纬 44.2° 以上，即包括意大利最北地区在内的观测者来说，五车二是拱极星。 图片来源：洛伦佐·维奥拉（意大利业余天文爱好者联盟）。

———————

① 即瓦约莱特塔（Torri del Vajolet）。该塔位于特伦蒂诺 – 上阿迪杰大区，是意大利最北的大区。

上图　在欧洲南方天文台拉西拉天文台的日落；天空中清晰可见的行星分别是金星（最明亮的那颗），水星（位于金星右边）和木星（最上方）。图片来源：Y. 贝莱茨基 (LCO)/ 欧洲南方天文台。

会合周期

对于行星观测来说，最重要的不是行星绕太阳公转的轨道周期，或者叫恒星周期，而是它们与地球的会合周期。在这个时间段中，行星会从太阳－地球－行星这样的位置出发，而后又回到同一位置。所以，这是行星两次距角（或冲）之间的时间间隔。右表所记载的为各大行星的会合周期（由于轨道偏心率的影响，每次会合周期都会有轻微差异）。

行星	会合周期
水星	115.9 天，约为四个月
金星	583.9 天，约为一年零七个半月
火星	780.0 天，约为两年零一个半月
木星	398.9 天，约为一年零一个月
土星	378.1 天，约为一年零十三天
天王星	369.7 天，约为一年零四天
海王星	367.5 天，约为一年零两天

射光与太阳入射光的百分比）。金星是如此的明亮，以至于在某些情况下全天肉眼可见（即距角处于最大值且天气晴朗时，此时金星白天也会出现在地平线上方并可观测到）。望远镜能观测到金星的相位，但由于其表面细节被浓厚的大气所覆盖，所以是观测不到的。

火星在冲日时是一颗肉眼可见的橙色天体，该天体十分明亮。火星轨道偏心率比较大，在冲日时，

上图 由 HST 拍摄的木卫一与其投影在木星上的影子。如果天气状况良好，小型望远镜也可以观测到木星表面云带的主要结构、伽利略卫星和它们在木星上的投影（如果有的话），就像图中所展示的一样。图片来源：J. 斯宾塞，洛威尔天文台 / 美国国家航空航天局 / 欧洲航天局。

火星与地球之间的距离为 5500 万千米到 1 亿千米，这取决于火星是靠近近日点（离太阳最近的点，此时的冲日可称为近日点冲 ① ）还是靠近远日点（离太阳最远的点，此时的冲日可称为远日点冲）。在近日

---

① 也可称作火星大冲，这是千载难逢的观察火星的时机。另，远日点冲可称作小冲。

点冲时，火星的亮度可达天狼星的 3—4 倍。在望远镜中，人们可观测到火星的极地冰盖 [1] 和一些暗区。当火星处于东方照或西方照时，看起来会像一轮凸"月"。一般来说，木星是继太阳、月亮和金星之后最明亮的天体，和火星一样，它的最大亮度是天狼星的 3—4 倍，但通常情况下，会比那颗红色的行星 [2] 更亮。望远镜中的木星云带和四颗伽利略卫星令人叹为观止。木星和其卫星在望远镜中传达给我们的庄严感是难以言表的。如果说木星是精妙绝伦的，那么土星呢？望远镜中的土星及其光环让我们感受到了深深的震撼，第一次观测到这颗行星的人都满眼惊愕地从目镜上移开，如果用肉眼去观测这颗行星，它的光点看起来像一颗明亮的恒星 [3]，但其光环是难以观测的。

在望远镜中的天王星是一个蓝色的圆盘，海王星则是一个小点，或者说是一个散发着淡蓝色的圆盘。它们不是最震撼人心的行星，但也足够迷人。让我们想象一下这个充满魅力的场景，这两颗遥远而寒冷的行星在太空中围绕着太阳旋转，在这两颗行星上看到的太阳的亮度，分别是从地球上观测到的太阳亮度的 1/370 和 1/900。

让我们离开这些遥远的天体，回到月球上来。毫无疑问，望远镜中的月球一定会展现出无与伦比的奇景——环形山、山脉和阴影。满月并非观测月球的最佳时机。满月时，月球直面太阳光 [4]，所以不会有阴影。光线不是立体的，而是平直的，所以环形山看起来不明显，因为它们需要依靠周围的突出部分的阴影才能被看见。尽管在天文爱好者的眼中，满月是十分迷人的，但这不利于天文观测。所以，最好选择别的月相以作观测。比如，当太阳的光辉从旁边射入，使得月亮看起来像一把镰刀时；或当能观测到半个月亮 [5] 时。然后，沿着月球的明暗界线，即日与夜的分界线，就能观测到太阳在月亮地平线上升起落下，其长长的阴影，使得月球表面变得三维立体。

---

[1] 指位于极地的一种覆盖性冰川。

[2] 此处的红色行星，指火星。

[3] 因为行星本身是不发光天体，只能反射太阳发出的光。所以被光照亮的行星，看起来会像一颗发光的恒星。

[4] 满月时，太阳近乎直射月球，导致月球太亮，反而不易于观察。

[5] 即上弦月和下弦月。

适合观测行星的夜晚

在使用望远镜观测月亮和行星时，图像的放大会加剧湍流的影响。在湍流增强的情况下，会产生越来越多的模糊且闪烁的图像。平静的夜晚是观测月亮和行星的最好时机。如果你们认为地势低洼的城市不利于作天空观测，那你们就错了。有"闷热罩"的夜空，即夏季最闷热的夜晚，那时的天空是乳白色的，让人觉得实在不适合观测天空。事实上，此时天空的大气湍流较弱，反而可以拍摄出成像最漂亮的天体照片。

上图　这是卡西尼号土星探测器所拍摄到的土星及其光环。即使是在小型望远镜中，这个光环也使得土星别具魅力。

观测恒星和深空天体

恒星不仅比行星大，也比行星更遥远；因此，与望远镜中看起来像圆盘一样的行星不同，望远镜中的恒星只是一个小点。只有如 HST 和 VLT 等望远镜，才能勉强拍摄出某个超巨星的圆盘，比如说心宿二和参宿四。让我们来更好地理解一下，木星的圆盘在天空中的视直径能达到 45 角秒，比月亮小 60—70 倍；可以说，如果其视直径能比现在大 2—3 倍的话，我们就能用肉眼观测到木星的圆盘，而不仅仅是一个小点。

我们来对比一下，拥有最大视直径（除太阳外）的恒星是剑鱼座 R，它是一颗比太阳大 300 倍的巨星，距离 178 光年，视直径仅为 0.057 角秒，比木星小 800 倍，相当于从 80 千米远看一枚 1 欧元的硬币！在望远镜中，我们看到的恒星是呈点状的，只有在恒星亮度较大的时候，才能更好地感知其色彩。双星和聚星是光彩闪耀的恒星，比如说天鹅座的辇道增七和仙女座的天大将军一，橙黄色和浅蓝色的互补[1] 形成了奇妙的色彩对比。然后就是深空天体，指的是星团、星云和星系。观察这些天体的必要条件之一就是晴朗且黑暗的天空，因此不要选择月亮亮度高的夜晚。

星团可以分为以下两种类型，由数百颗年轻恒星组成的疏散星团和由成千上万颗年老恒星组成的球状星团。疏散星团主要在银盘附近；有些疏散星团是肉眼可见的，比如昴星团、梅洛特 111、鬼星团、英仙座双星团。球状星团则分布在银河系中心，不向银道面集中，距离也更加遥远。半人马 ω 球

---

[1]　指光学互补色。在适当比例混合后可产生白光的两种色光即为互补色光。蓝光和橙光就是互补色光。

透过望远镜，月亮呈现出如外星球般的景象，这就是它和地球的相异之处。图片来源:《月球:大冒险》(保罗·卡尔奇德塞，Espress 出版社，2019)。

半人马座和南十字座

　　在南部的天空上，挂着许多明亮的恒星：右边是南门二 / 半人马座 α 和马腹一，分别在全天亮星中排名第 3 位和第 11 位。在中部的是南十字座，最明亮的两颗星是十字架二和十字架三，分别在全天亮星中排名第 12 位和第 20 位。图片来源：欧洲南方天文台 /P. 霍拉莱克。

上图　由欧洲南方天文台帕拉纳尔天文台拍摄的三个星云：位于右边的是沙普利斯 2-54，中间的是鹰状星云（或 M16），左边的是 ω 星云（或 M17）。后面的这两个星云是相对较亮的，属于小型望远镜也能清晰可见的天体。图片来源：欧洲南方天文台。

行星还是恒星？

　　如何才能得知我们在天空中看到的那个亮点是恒星还是行星呢？最常见的方法是根据星座的图像来辨认：黄道带中的行星显然是"多出来"的天体。此外，还有一个简单的标准，即恒星的光是一闪一闪的，是闪烁的；而行星的光则不是闪烁的。这是地球大气层所导致的，在太空上观看的恒星，也是不闪烁的。事实上，恒星圆盘的视直径非常小，它们的星光是极细的单束光，而且会受大气湍流的影响，时刻都在发生偏折。然而，同恒星相比，行星的圆盘更大，所以圆盘各处发出的光会分别向左、向右偏转，使得光源互补，所以行星是不闪烁的。但在大气湍流非常强烈的情况下，行星之光也会有微弱的闪动。

状星团是最明亮的球状星团，但在意大利是无法观测到这个星团的。对于我们来说，最容易观测到的是 M13，即使在它亮度微弱的时候，肉眼也是能观测到的。毫无疑问，星团是天文观测中最夺目的天体之一。疏散星团就像撒落在天空中的星际尘埃，而球状星团则像一团缠绕在一起的麻线。

　　星云也是最具吸引力的天体之一，这片浩渺的区域便是新恒星的诞生地。比如，猎户星云[①]，其中心区域肉眼勉强可见。在望远镜中，星云由气体和尘埃交错而成，但……让我们忘掉各类书籍中的绚丽插图吧（也包括这本书的）。如我们所知，在光线微弱的情况下，我们的视觉是无法分辨颜色的，除非使用大型望远镜观测，否则的话，望远镜里的星云只能是灰色的。

　　星系，是由几十亿颗遥远恒星组成的天体，仅此一点就足以显示它的魅力。一般情况下，望远镜中

---

① 在猎户星云的活动区域中，曾诞生出数千颗恒星。

上图 天鹅座的辇道增七 A 和辇道增七 B 可能是天空中最美丽的双星，即使它可能是视双星。图片来源：亨利克·科瓦莱夫斯基。

拓展阅读
双星与聚星

　　双星和聚星（三合星、四合星等）是由两颗或以上的恒星共同组成的系统，这些恒星同时诞生，在引力作用下保持关联，并且会围绕一个共同质心旋转。这样的恒星比比皆是，天空中约半数的恒星是双星或聚星。双星也是多种多样的（这句话也适用于聚星）。首先，望远镜中的双星不一定是真正的双星。有时候，在视觉作用下，空间中距离一远一近两颗恒星，看起来位置是非常接近的，这种就叫作"视双星"或"光学双星"。

　　而真正的双星，是在天空上位置相近，且因引力而相关联的两颗恒星。用肉眼或者望远镜观测就能区分出来的双星叫作"目视双星"；当两颗恒星位置相近，无法用望远镜进行区分时，可通过分析天体系统的光谱来分辨这两颗恒星，这就是"分光双星"。

　　此外，还有食双星，在地球上我们能观测到，其中一颗恒星的运行轨道会在另一颗恒星的前面，从而造成彼此掩食 [1]，即它们的亮度会发生变化，因为当一颗恒星部分地或完全地被另一颗恒星掩食时，亮度就会降低。

────────────

① 即一个天体被另一个天体遮挡，如日食。

的星系会像是发光的小纺锤，但在大口径望远镜中，我们可以看到一些旋涡结构的星系。就星系而言，由于它距离我们十分遥远，如果不借助巨型望远镜或长时间曝光的摄影，就难以捕捉到其形态的微妙之处，但这是由几十亿颗恒星、行星，甚至是由完全不被人类所了解的生命形式所发出的光芒，这正是这些光点的魅力所在；光，在太空中遨游了几百万甚至几千万光年后，才来到了我们眼前。毫无疑问，星光是十分微弱的，但却无法减弱这种来自宇宙的魅力。

上图　由欧洲南方天文台帕拉纳尔天文台拍摄的半人马 ω 球状星团。图片来源：欧洲南方天文台 /A. 格拉多，L. 利马托拉（意大利国家天文物理研究所）。

大熊座中的星系

　　图片中间是 M81 星系（也称波德星系），右边是 M82 星系（也称雪茄星系）。这两个星系十分明亮，是在天文观测中最受人喜爱的星系，特别是 M81，仅需一副性能良好的双筒望远镜就能观测到。位于图片左上方的是 NGC 3077，是最暗淡的星系。这些星系都位于大熊座区域内。

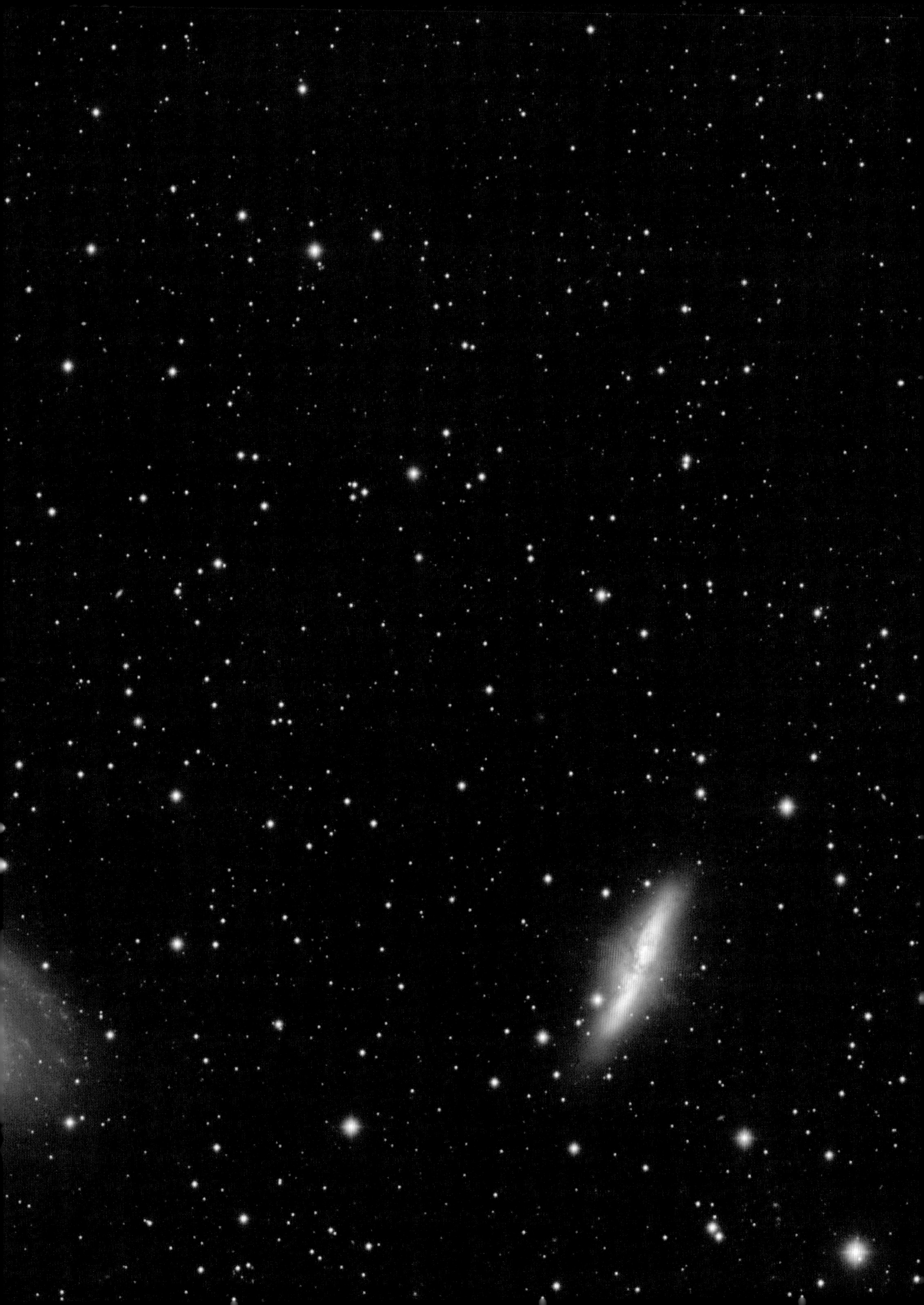

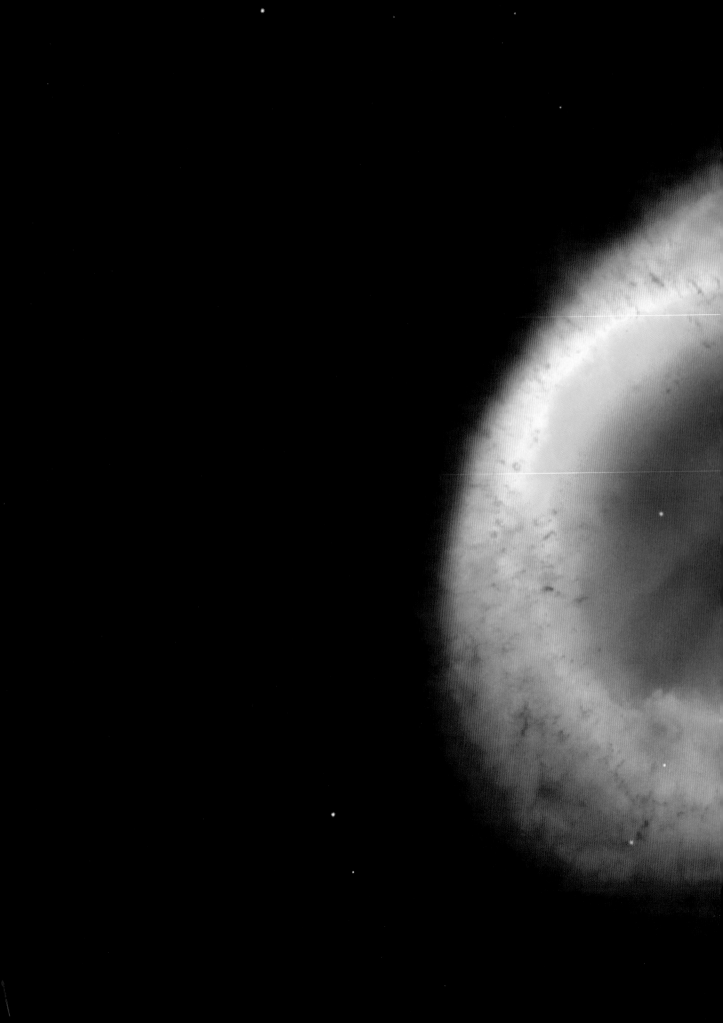

第六章

星座

1922 年，共有 88 个星座被确定名字，其中绝大部分承袭自古代。星座，不仅是奇妙的形状，更是真实的天空区域。

在最后一章中，我们将了解各个季节中最重要的可观测星座，以及那些通过
小型望远镜也能观测到的星座中最重要的恒星和天体。在历史的长河中，不同的
民族对同一片星空进行观测，描绘出了不同的图案，并创造出了各自的星座。因
此，在 20 世纪 20 年代，国际天文学联合会划分出了有 88 个星座的国际通用
星座表。这些星座大部分起源于古代，和古希腊神话更是有着紧密的联系，有些
星座的来源甚至可以追溯至更久远的年代。然而，有些文化的星座并没有被这份
星座表所收揽，比如澳大利亚土著[1] 星座。即使它们不属于通用星座，但在其背

---

① 指澳洲原住民，即在 4 万多年前定居澳大利亚的居民。

圣加尔加诺修道院（锡耶纳）上方的银河全景图，图中含有
天蝎座、人马座（右）和仙后座（左）。当我们观看银河系时，
能观测到银道面上的旋臂，银道面是整个银河结构中最厚的
地方，因此当我们从远处观察这个平面时，会看到非常多的
恒星。图片来源：洛伦佐·维奥拉 - 意大利天文爱好者联盟。

后也有着五彩斑斓的故事和诗歌，所以是值得研究和铭记的。

如今的星座，不仅是人类以理想化的方式来联结天空中位置相近的恒星所组合的虚构图像，更是真实存在的天区，布满了整个天球，就如同世界地图上的各个国家一样。星座包含其自身范围内的所有天体，不仅有恒星，更包括深空天体。比如说，位于大熊座的 M81 星系和位于天琴座的行星状星云 M57等等。

如我们所见，不同的星座对应不同的季节，也就是说每个星座都有特定的观测季节。观天的首选时间是夜晚，一般来说，恒星的最佳观测时间是晚上 21 点至 22 点，而且还应选择每个季节的中间时间，即：4 月末至 5 月初，7 月末至 8 月初，10 月末至 11 月初，1 月末至 2 月初，它们分别对应四个季节。若在上述时间段前后的几个星期内观测星空，是不会观测到太大变化的。

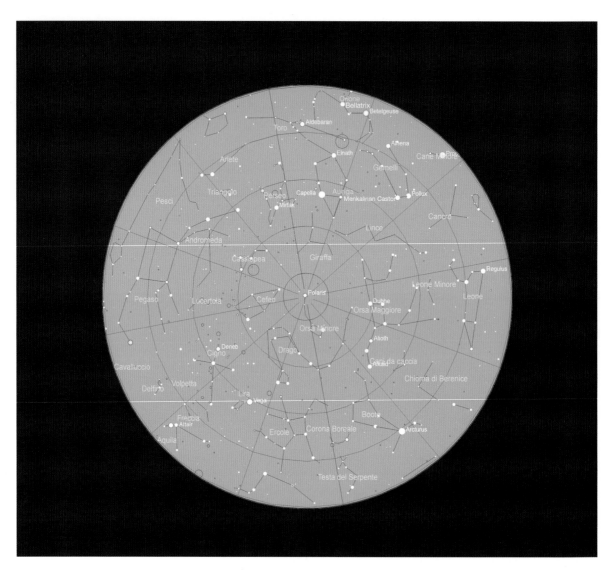

上图 以上是一张以北天极为中心的北天球星座图。天球的边缘与天赤道重合，并标示出了逐渐缩小为同心圆的赤纬圈 δ = +20°，+40°，+60° 和 +80°。最靠近北天极的星座是北天拱极星座。在星图的绘制中，有一点十分值得注意，以平面来表现一个球体难免会导致图像失真。在这种情况下，图像的边缘失真十分严重，而中部失真则较小，所以星座图中所展示的拱极星座是较为准确的，而那些越接近天赤道的星座则越失真。图片来源：意大利天文爱好者联盟。

星空有着显著的季节性变化，在夏季和冬季的天空中，恒星较多[①]；而在春季和秋季的天空中，恒星则较少。这是因为在夏季和冬季时，南方的天空能清晰地看见银河，此时的观测者位于银河系平面之中，视线方向朝向银盘方向，所以能看到很多恒星。

---

① 太阳系位于银河系猎户臂的内侧。夏季时，仰望天空看到的是银河的银心；冬季时，仰望天空看到的则是猎户臂。这两种情况下，可观测到的恒星数量是比较多的。

而在春季和秋季，人们的视线方向远离银盘，以至于看到的银河厚度变小，所以恒星的数量也会减少。

但是，在描述不同季节的天空之前，我们先来了解一下全年可见的星座——拱极星座。由于意大利处于北纬 35.5° — 47°，纬度跨度十分之大，所以就像在不同季节处于不同位置的星座一样，在意大利的南部、中部和北部所观测到的拱极星座也会有轻微的不同。我们以中纬度 42° 作为参考，处于该纬度附近的城市是罗马。在这个地区的观测与在意大利其他地区的观测，结果差别不大。

拱极星座

最著名的两个拱极星座是小熊座和大熊座。事实上，大熊座并非全部区域都是拱极的，因为只有包含该星座中最著名的北斗七星在内的北部区域才是永远在地平线以上的。通常情况下，在观测中发现的看起来位置相近的恒星，在宇宙空间中并非真实相近，因为这是两颗恒星与地球之间距离的不同所造成的一种视线错觉。但也有例外，北斗七星中的五颗，即天璇、天玑、天权、玉衡、开阳，也就是除第一颗天枢和最后一颗摇光以外的中间五颗。这五颗恒星距离地球约 80 光年，它们在天空中的运行方向相同，且彼此都是相似的蓝白星，直径为太阳的 1.5 倍到 4 倍，光度是太阳的几十倍。其中，最明亮的

拓展阅读
意大利天文爱好者联盟（UAI）

本章中的星图和本卷中的部分插图由意大利天文爱好者联盟（Unione Astrofili Italiani，简称为 UAI）提供。自 1967 年以来，它就是意大利天文与科学业余爱好者的文化与活动的最重要的参照点。作为一个非营利组织，它与专业天文学家、公共及私人研究机构、高校、学校、国家及地方公共机构，以及其他协会、团体和组织，进行持久且富有成效的合作，并在相邻领域中分享各种方法和目标，具体实现其推广天文和科学文化的使命。

UAI 致力于包容性地广泛传播与推广天文学；开展并鼓励相邻领域的探讨和研究；保护及改善环境，以保证良好的观天条件；推进展开天文学教学活动与人员培训。以上目标的实现是通过利用与协调各地天文爱好者协会关系网（约 250 家）、向公众开放的天文台（约 80 家）和由天文爱好者管理的天文馆之间的合作。在这些机构中汇聚了众多愿为意大利科学文化服务的民间科学家。

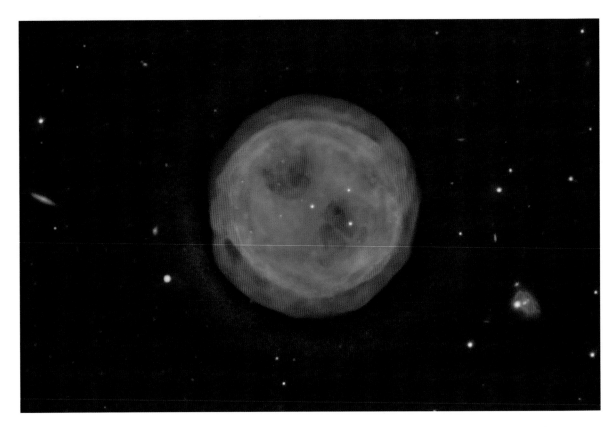

上图　大熊座中的行星状星云夜枭星云，也叫猫头鹰星云。距离地球2000光年。图片来源：戈兰·尼尔松和利物浦望远镜（CC BY-SA 4.0）。

是玉衡，它的直径是太阳的 4.1 倍，光度是太阳的 100 倍。这五颗恒星都属于大熊座移动星群，这是一种处于离散状态的星群。如果说玉衡是这五颗恒星之中最明亮的，那么开阳无疑就是其中最著名的。这是一颗目视双星，在它的旁边可以找到较为暗淡的开阳增一。测量结果显示，开阳与开阳增一相距约 1 光年（但数据存在误差），因此还不能确定它们是否是一对真实的双星[1]。无论如何，在望远镜中的开阳都会显示为一对双星，且二者本身又均为光谱双星，开阳增一也是双星系统，如果它们是依靠引力维系在一起的话，那么开阳与开阳增一就会组合成一个六合星系统[2]。大熊座中还有众多深空天体，如：波德星系（M81）、雪茄星系（M82）和行星状星云夜枭星云（M97）。

接下来，如果我们想找到小熊座中的小北斗，那么就要从北斗七星的前面两颗开始，也就是天枢、天璇。将这两颗恒星之间的连线延伸 5 倍，就能找到位于小熊座末端的北极星。北极星是一颗黄超巨星，这类恒星十分罕见，其光度是太阳的 2500 倍，直径是太阳的 45 倍。由于它与地球相距 450 光年，所以看起来亮度不高。小熊座的第二亮星是北极二，这是一颗橙巨星，光度比太阳高 390 倍，与地球相

[1] 真正的双星是指因引力而维系在一起的物理双星。

[2] 开阳是一个四合星系统，其旁边的开阳增一是一个双星系统，因此共同组成了六合星系统。

距 130 光年。事实上，小北斗并不显眼，在北极星、北极
二与北极一之中，北极一和北极二共同组成小北斗的末端，
并且与北极星相对，其余四颗恒星的星光都是微弱的，只有
在深夜时才能清晰看见。

诗人叶芝 [1] 曾为北极星和北斗七星写下了令人难忘的
诗句：

在无法追忆的年代，

我曾经是一棵榛树，

他们在我的枝叶间把导航星与弯曲的犁铧悬挂。

（马永波 译）

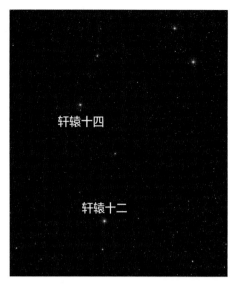

上图　狮子座的前部。轩辕十四是整个星座中最明亮的恒星，
在夜空中的亮度排名为第 21 名。图片来源：《星星：星际之
旅》（保罗·卡尔奇德塞，Espress 出版社，2019）。

从北斗七星来到北极星之后，在它的对面可以找到仙后
座，它拥有十分独特的"W"形状，而且银河从中间穿过。
实际上，仙后座与北斗七星隔着北极星相对而处。尽管它们是拱极星，但也有相应的观测季，观测北斗
七星的最佳季节是春季。当春季的夜幕降临时，北斗七星高挂在天空中，而仙后座则在北边地平线的附
近；然而，在夏季的夜晚，随着时间的推移，北斗七星在北极星的左侧降落，仙后座则在其右侧升起；
秋季，在北方的天空中可以看到仙后座挂在天空高处，而北斗七星则在天空的低处；在冬季，北斗七星
升至北极星的右边，仙后座则降至其左边。

在仙后座中，最美的恒星之一是位于最亮星王良四附近的王良三，这颗恒星是"W"形状的顶点之
一。王良三位于 19.4 光年之外，是一颗和太阳十分相似的黄矮星，在望远镜中可观测到它的伴星，一
颗微弱的红矮星，两者形成十分强烈的颜色对比，共同组成了一对美丽的双星。与仙后座一样，附近的
仙王座也沉浸在银河之中。在仙王座中，最惹人注目的恒星是造父一，它是造父变星的名字来源；造
父四则是一颗个头巨大的红超巨星，据估算，其直径是太阳的 1000 倍到 1600 倍。如果它处在太阳的
位置上，那么它的表层将可能延伸至火星与木星或木星与土星之间。造父四可能是肉眼可见的最大的
恒星。之所以用"可能"是因为很难确定在太空中哪颗星是个头最大的纪录保持者，因为这种 3000—
6000 光年远的恒星的测量会存在相当大的误差，这使得它成为肉眼可见的最遥远的恒星之一。它的光
度是太阳的 25 万—50 万倍（注意：此处和下文的恒星光度，均指热光度，即低温恒星的红外辐射和

---

[1]　威廉·巴特勒·叶芝（William Butler Yeats，1865—1939），爱尔兰诗人。著有《钟楼》《盘旋的楼梯》等作品，曾于 1923 年获得诺贝
尔文学奖。

高温恒星的紫外辐射）。在如此遥远的距离下，这颗恒星的星光无疑是微弱的。

其余的拱极星座包括：天龙座，它最明亮的恒星是橙巨星天棓四；鹿豹座，这个星座较为暗淡，但星座中的紫微右垣六非常显眼，它是一颗蓝超巨星，也是肉眼可见的最遥远的恒星之一，距离地球约6000光年。

让我们来思考一件有意义的事。当我们观看这颗恒星时，一束约公元前4000年射出的光进入我们的双眼，这束光已经旅行了数千年，见证了地球上各个文明的兴衰。由于距离遥远，肉眼观察这颗恒星时，只能看到微弱的星光。实际上，它的光度相当于太阳的60万倍，这不仅因为其半径是太阳的30倍，也因为它的表面温度高达30000K[1]，属于恒星光谱中的O型。

春季星座

在春季的天空中，尽管恒星相对较少，在天空中仍有三颗亮星，即大角星、轩辕十四和角宿一。其中最明亮的是大角星，北天球中最明亮的恒星，亮度排序为全天第四。它是一颗橙巨星，与我们相距37光年，体积是太阳的25倍，光度约为太阳的200倍，是太阳系50光年内体积最大且光度最高的恒星。这颗恒星属于牧夫座，这个星座的名称[2]来源于希腊语，意思是"牧羊人"或"农夫"。梗河一，别名"pulcherrima"（拉丁语中"美丽的"的意思），该星座中的另一颗恒星。实际上，在望远镜中的它，呈现出了一颗橙巨星和一颗蓝白矮星之间美妙的色彩对比。

轩辕十四是一颗位于狮子座中的恒星，距离地球79光年。它是一个聚星系统，主星是一颗光度为太阳290倍的蓝色恒星。狮子座象征被赫拉克勒斯杀死的涅墨亚狮子，天空中的狮子座是一个巨大的四边形，轩辕十四是其中的一个顶点。另一个顶点是轩辕十二，它是一对由两颗橙黄巨星组成的130光年之外的美丽的双星，并且在其中一颗的周围还发现了一颗系外行星。

角宿一是室女座中最明亮的恒星，它是希腊丰收女神德墨忒尔的化身；另外一种说法是，它与旁边的天秤座一起构成了正义女神阿斯特莉亚。"角宿一"[3]一词的意思是麦穗，是德墨忒尔持在手中的麦穗，即丰收的象征。这是一颗在250年光年之外的光谱双星，两颗都是蓝色恒星，光度分别是太阳的20000倍和2000倍，双方间的距离是水星到太阳之间距离的1/3。它们之间的距离如此之小，乃至双方的引力致使两颗恒星变成了椭圆形。

除了上述这些恒星之外，春季天空也因众多星系的存在而倍添魅力。远离银河带的观测使我们可以不受银道面上尘埃云屏障的影响，从而更轻易地观测银河系以外的地方。在室女座的可观测星系中，最

---

① K即开尔文（Kelvins），为热力学温标或称绝对温标，是国际单位制中的温度单位。开尔文温度常用符号K表示，其单位为开。

② 牧夫座的名称源自希腊语 Βοώτης。

③ 原文的用词是"Spica"，是意大利语中麦穗的意思，同时也指代角宿一。

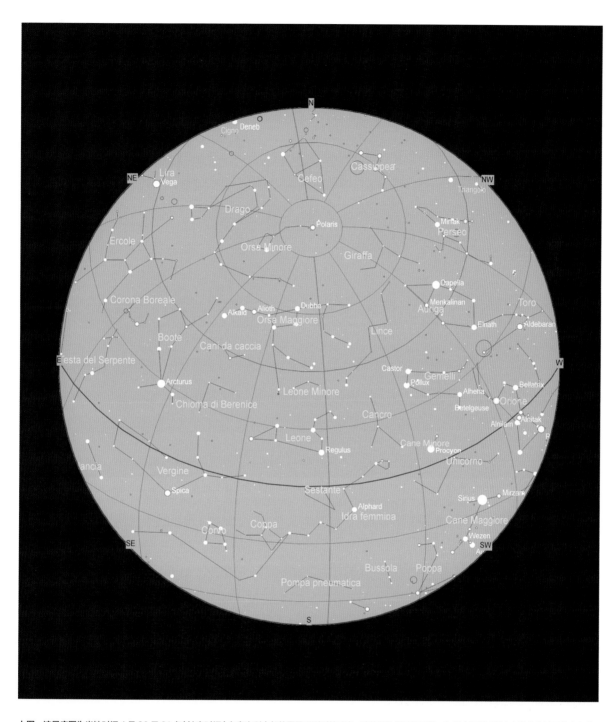

上图 该星座图为当地时间 4 月 30 日 21 点（钟表时间）在意大利中部的罗马观测到的天空。球体的边缘是地平线，在线上标注了基本方位点和地图的中心点，即垂直于我们头顶的天顶，位于大熊座的两爪之间。加粗线段为天赤道，由于每个月天空都会"提前"2 小时①，所以在 3 月 30 日 23 点观测到的天空与本图的天空是一样的。在这个计算中，需要注意从太阳时到法令时的转换，反之亦然。一般来说，本图所展示的是春季夜晚观测到的天空。在这幅星座图中，与最接近地平线的天区所重合的边缘处失真最为严重。图片来源：意大利天文爱好者联盟。

---

① 即当我们以"太阳日"（24 小时）来观测恒星在某个特定时间点上的位置时，根据"恒星日"（23 小时 56 分），平均每天这颗恒星会提前 4 分钟到达该位置，那么一个月就会提前两个小时。

上图　这是由欧洲南方天文台甚大望远镜拍摄的位于室女座的 M87 星系。我们可以观察到在其潜伏着一个超大质量黑洞的中心区域喷出的相对论性喷流①，这是人类首次拍摄到的黑洞照片。图片来源：欧洲南方天文台。

著名的是 M87 星系。这个巨大的椭圆星系因其中心的黑洞而声名在外，因为这是人类历史上首次拍摄到的黑洞。在 5300 万光年以外的 M87 星系是室女座星系团的中心，该星系团的成员是 1000—2000 个星系。此外，室女座星系团又是室女座超星系团的中心，这是一个延伸长度为 1.1 亿光年的超星系团，我们的银河系也是它的成员之一。

在狮子座中，可以找到由三个旋涡星系构成的夺目的"狮子座三重星系"，即位于 3000 万—3500 万光年之外的 M65、M66 和 NGC 3628；猎犬座位于北斗七星斗柄的南方，其成员之一是 M51 星系，也称作"涡状星系"，从正面观测时，它的形状像是一个旋涡，这是天空中最美丽的星系之一（涡状星系的识别需要用大口径望远镜）。M51 与其附近较为暗淡的 NGC 5195 相互作用；它们都存在于 2300 万—2500 万光年以外。

① 天文学术语。指来自某些活动星系、射电星系或类星体中心的强度非常强的等离子体喷流。

上图 狮子座的"三重星系"，右上方是 M65，右下方是 M66，左边是 NGC 3628。图片来源：欧洲南方天文台 / 意大利国家天文物理所甚大望远镜勘测望远镜。

上图 位于猎犬座中的 M51 和 NGC 5195 星系。图片来源：Jeffjnet (CC BY-SA 4.0)。

牧夫座与大熊座

"Arturo"是大角星源于古希腊语的正式名称"Arcturus"的意大利语译名,意思是"熊的守护者"。大角星位于大熊座尾巴的延长线上。在古希腊神话中,卡利斯托是阿尔卡斯的母亲,在被阿尔忒弥斯变成一只熊后便跑进了树林中。许多年后,她重遇了自己的儿子,便十分高兴地迎了上去,但是阿尔卡斯并不认得她,还准备攻击她,在千钧一发之际,宙斯把她们升上天空,于是便形成了牧夫座和大熊座。这是奥维德在《变形记》中对这两个星座的描写:

……他把她们提升到天界中去,
在最荣耀的位置,停留了下来,
新的星座在夜空中诞生,
成为北天中耀眼的象征。

位于牧夫座、室女座和狮子座之间的后发座也拥有多个星系,其中由多颗恒星组成的疏散星团梅洛特 111 使得这个星座可以用肉眼进行观测。该星团的距离为 280 光年,是距离地球最近的星团之一。

在春季的天空中还可以观测到长蛇座,全天最长、面积最大的星座。它的主星是"星宿一"[①],这个词在阿拉伯语中的意思是孤独,因为它所在的天区恒星数量较少。这颗橙巨星位于 180 光年以外的地方,它的半径是太阳的 50 倍,光度是太阳的 780 倍。在春季星座中我们会观测到清晰可辨的小星座——乌鸦座、不易分辨的巨爵座和北冕座。北冕座的最亮星是位于 75 光年以外的贯索四,它被认为是大熊座移动星群的边缘成员,移动星群的其中一部分位于另外一个星座[②]中。

夏季星座

夏季天空的主角是银河,因为此时我们面向银河系的中心区域,所以能看到它最明亮的部分。银河系中心区域投影在人马座方向上,该星座会出现在夏季夜晚的南方地平线上的低处,而且它的左边是摩羯座,右边是天蝎座。天蝎座是最壮观的星座之一,它的最亮星是处于约 550 光年以外的红超巨星心宿二,这是一颗巨大的恒星,体积是太阳的 7000—8000 倍;同时,它的亮度也很高,约为太阳的 75000 倍。除了红色的心宿二之外,在这个星座中还坐落着众多的蓝色恒星,它们有着别有深意的名字,如位于天蝎座头部的 Acrab[③],和形成天蝎座尾后针的 Shaula[④]4。房宿四是一对位于 400 光年之

---

① 星宿一的阿拉伯语是 Alphard。
② 除了位于猎犬座的 HD 109647 之外,其他恒星都位于大熊座内。
③ 即房宿四。Acrab 来源于阿拉伯语,意为"蝎子"。
④ 即房宿八。Shaula 来源于阿拉伯语,意为"翘起的尾巴"。

上图　本图是由欧洲南方天文台甚大望远镜拍摄并经过干涉仪技术处理的红超巨星星宿二的圆盘。尽管其直径是太阳的 700—800 倍，但由于远在 550 光年之外，在望远镜中的这颗恒星如同 100 公里外的一枚 1 欧元硬币大小。图片来源：欧洲南方天文台 /K. 奥纳卡。

外的漂亮的双星，在望远镜中显示为两个浅蓝色的天体，这两个天体分别是双星或聚星系统，那就意味着这对双星一共包含了 5—6 颗恒星，其中最亮星的光度是太阳的 32000 倍。

在天蝎座和人马座中分布着众多星云和星团，值得我们记住的有：肉眼可见的礁湖星云（M8）和附近盾牌座的野鸭星团（M11）。包括以上天体在内的不少附近的天体的距离均在 4000—6000 光年：这个恒星密集区域的形成并非偶然，它沿着天空中的人马臂分布，这是银河系的一条旋臂，太阳系处于猎户臂上。从我们在银河系中所处的位置观测，会发现人马臂稍向银心偏移，比猎户臂更靠近银心；实际上，银心与猎户臂之间的距离非常遥远，同时它与太阳系之间也有着 27000 光年的距离。

由于人马座处于地平线上的低处（有利于南方的观测），为了更好地观测银河，我们可以等它升至半空中天鹰座的高度时再进行观测。鹰是宙斯的象征物，在宙斯化身为老鹰时，它看中了甘尼美提斯，随后便将其拐骗至奥林匹斯山。此后，甘尼美提斯便成了众神的侍酒者，并化身为附近的宝瓶座。在天鹰座中，我们会看到璀璨的牛郎星。这颗恒星是"夏季大三角"的其中一个端点，构成这个大三角

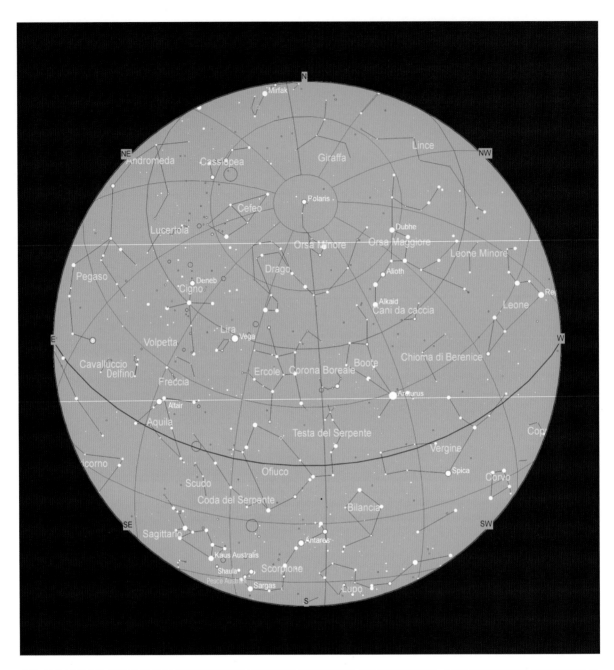

上图 该星座图为当地时间 7 月 30 日 21 点（钟表时间）在意大利中部的罗马观测到的天空。球体的边缘是地平线，在线上标注了基本方位点和地图的中心点，即垂直于我们头顶的位于武仙座的天顶。加粗线段为天赤道，由于每个月天空都会"提前"2 小时，所以在 6 月 30 日 23 点观测到的天空与本图的天空是一样的。在这个计算中，需要注意从太阳时到夏令时的转换，反之亦然。一般来说，本图所展示的天空是夏季夜晚观测到的天空。在这幅星座图中，与最接近地平线的天区所重合的边缘处失真最为严重。图片来源：意大利天文爱好者联盟。

右图 在本图中，除了银河之外，还能观测到部分的天蝎座和人马座。小圆圈表示的是银心。土星和木星也出现在本图中。图片来源：《星星：星际之旅》（保罗·卡尔奇德塞，Espress 出版社，2019）。

土星

心宿二

木星

银心

尾宿八

心宿二

上图 疏散星团的野鸭星团（M11）。图片来源：欧洲南方天文台的 La Silla 天文台。

的余下两颗亮星是位于天琴座的全天亮星中排名第五的织女星和天鹅座的天津四，它们会出现的位置是天顶区域。以下诗句中诗人将六月夜空的甜蜜寄情于织女星上（Wystan Hugh Auden, A Summer Night）：

露天，草坪，如卧榻上，

织女星高挂万丈，

六月静谧的夜晚……

织女星距离地球约 25 光年，体积约为太阳的 2.5 倍，光度为太阳的 40 倍。与地球之间距离更短的恒星是位于 17 光年以外的矮星牛郎星，它的体积是太阳的 2 倍，光度为太阳的 11 倍。天津四的距离比前两者更为遥远，位于 2600 光年以外的地方，这是一颗光度比太阳高 20 万倍的超巨星。在全天最亮的 20 颗恒星中，它排名第 19，但事实上它比其他恒星更遥远，所以实际上它是所有恒星中最亮的。它所在的天鹅座十分容易辨认，只要记住被称作"北十字"的巨大十字架形象就可以了。北十字端点之一的天津四与牛郎星相对，它被认为是全天最美的橙蓝双星（这对双星无法在望远镜中观测到）。

上图　海豚座和天箭座属于小型星座。位于右边的是天鹰座的亮星牛郎星。图片来源：达维德·特雷齐（意大利业余天文爱好者联盟）。

根据最新的测量数据，这两颗恒星分别距离我们 330 光年和 390 光年，所以它们看起来是视双星，但由于测量之中存在固有误差，所以也不排除它们与地球之间的距离相等，这就意味着它会是物理双星。

在天鹅座中，银河像是被一个沿着天鹰座和巨蛇座分布的暗区割裂开来，形成暗区的是银道面上的星际尘埃，恒星的星光会被尘埃的消光作用遮蔽。在夏季大三角及其周边地区还可以观测到几个小型星座，如狐狸座、天箭座、海豚座和小马座。全天最明亮的行星状星云之一的哑铃星云（英文是 Dumbbell Nebula）便位于狐狸座，因此这个星座备受关注。在天空中，我们可以看到小马座，但是并没有大马座，唯一和大马形象相关的星座是秋季星空中的飞马座。

在夏季大三角以西直至天顶区域出现的星座是武仙座，尽管在这个星座中缺少亮星，但它同样拥有一颗天上的明珠——北天最明亮的球状星团 M13，它是肉眼勉强能观测到的。该星团距离地球 25000 光年，包含了数十万颗恒星。为探寻地外文明，在 1974 年人类曾用阿雷西博射电望远镜向该星团发射信号，以期能被那里的星球上可能存在的外星人接收。如果你想知道这条信息是否得到回信，那就需要等待 50000 年，因为这是这条信息到达星团并返回地球所需要的时间。但根据最新估计，该星团与地球之间的距离稍微缩短为 22000 光年。所以，得到外星人回复所需要的时间缩短至 44000 年，只

宙斯的象征

　　牛郎星是天鹰座中的一颗亮星。在图中，我们可以看见一块似乎将银河一分为二的暗区。鹰是象征宙斯形象的动物，它负责把宙斯投掷出去的闪电带回宙斯身边，也是它拐骗了甘尼美提斯，并把她带回奥林匹斯山，使她成了众神的侍酒者。图片来源：《星星：星际之旅》（保罗·卡尔奇德塞，Espress 出版社，2019）。

牛郎星

上图　行星状星云 M27，也叫作"哑铃星座"，图片由哈勃空间望远镜拍摄。M27 星云位于狐狸座，距离地球约 1200 光年。图片来源：美国国家航空航天局 / 哈勃遗产团队 (STScI/ 大学天文研究协会)；感谢：C.R. O' Dell (范德堡大学)。

要……外星人不会深思熟虑后再做回复的话。不过前提是，外星人是真实存在的，并且能读懂我们的信号。在武仙座以南，我们会找到第十三个黄道星座蛇夫座和全天星座中唯一被分成两半的巨蛇座，巨蛇的头在蛇夫座的西边，尾巴在蛇夫座的东边。

秋季星座

在秋季天空中，最容易辨认的星座之一是天马座，它的显著特点就是一个由四颗中等亮度的恒星组成的大正方形。事实上，与其说是正方形，不如说是长方形。这个形状并未囊括飞马座的整个区域，

奥菲斯与天琴座

奥菲斯是古希腊神话中一位造诣极深的音乐家和歌手。在妻子欧律狄刻死后，他下行至冥府，希望能将妻子带回阳间。奥菲斯弹奏的音乐感动了冥王哈里斯和冥后泊尔塞福涅，于是便准许他将妻子带走，但条件是欧律狄刻必须一直跟在奥菲斯身后，而且奥菲斯不可回头看妻子一眼，直至双方走出冥府。在走出冥府的那一刻，奥菲斯立马回头，没想到欧律狄刻离走出冥府还差几步，于是妻子又重新被带回冥府。天琴座代表的是奥菲斯的乐器，而旁边的天鹅座便是奥菲斯的化身。不过，在其他版本的故事中，天鹅座也来源于宙斯为了诱惑勒达所化身成的天鹅。

拓展阅读
恒星的名称

不得不说，恒星的传统名称是人类所发明的最无与伦比的名字。毕宿五（Aldebaran）、参宿四（Betelgeuse）、心宿二（Antares）、大角星（Arcturus）和北落师门（Fomalhaut）……这些发音美妙的名字来源于阿拉伯语和希腊语，名字中隐喻着恒星的体积和它们所处的浩瀚的星际空间。有些恒星的名字来源于希腊语，比如心宿二（Antares）；有的则来源于拉丁语，比如轩辕十四（Regulus，意大利语 Regolo），还有一些名字源自美索不达米亚，比如斗宿四（Nunki）。此外的大部分来自中世纪的阿拉伯语。继承了希腊文化的阿拉伯人，除了沿袭希腊星座中恒星的位置之外，也有自己的诠释。比如，天璇（Merak）就源于阿拉伯语المراق（al-maraqq），意思是"腰"，因为这颗恒星位于大熊座的背部。斗转星移，17 世纪初的约翰·拜尔[①] 提出了新的恒星命名法，在星座的拉丁文名称之前添加了一个希腊字母（原则上，星座中的最亮星会被称为 α，但也不全是）。比如大犬座的天狼星，就叫作大犬座 α 星。而对于一些肉眼可见的暗淡恒星的命名则不使用字母，而是用 18 世纪由约翰·弗兰斯蒂德[②] 引入的编号作标示，如飞马座 51。

---

① 约翰·拜耳（Johann Bayer，1572—1625），德国天文学家。著有《测天图》，书中记录了 1000 多颗恒星的测量数据。

② 约翰·弗兰斯蒂德（John Flamsteed，1646—1719），英国天文学家。著有《不列颠星表》，书中记录了 3000 颗恒星的测量数据。

因为其东北端点的恒星壁宿二，是属于与之相邻的仙女座。在仙女座的天顶区域中，可以找到自成一列的三颗恒星，分别是上文的壁宿二、奎宿九和天大将军一。其中，天大将军一作为天空中最美的双星之一而享有盛名。在望远镜中，它所呈现的是一颗较亮的橙色天体和一颗较暗的蓝色天体，但实际上这是一个三星系统。在仙女座中，还可以看见著名的仙女星系（M31），它距离地球 250 万光年，这个旋涡星系和我们的银河系都是本星系群①中最大的星系。此外，仙女星系也是肉眼可见的最遥远的天体。

处在仙女座东面的星座是英仙座。该星座中的最亮星是天船三，这是位于 500 光年以外的一颗黄白超巨星，其光度是太阳的 9000 倍。如果用双筒望远镜去观测这颗恒星，可以看到它被周围许多微弱的恒星所包围——这是梅洛特 20 星团，也叫英仙座 α 星团。英仙座 α 就是天船三，星团中的最亮星。此外，附近一些肉眼可见的恒星也属于这个星团。但英仙座最著名的恒星是大陵五，它被视为被古希腊英雄砍掉的美杜莎头颅上的眼睛，同时也是一颗著名的食双星。在英仙座与附近的拱极星座仙后座的边界上，能找到英仙座双星团，全天最美的疏散星团之二；同时，这两个星团都位于拱极区域，它们本身就是视觉上两个肉眼可见的亮点，在望远镜中更是一场视觉盛宴。这两个位于 7500 光年以外的星团十分年轻，诞生于 1000 万—1500 万年前。

与位于 4500 光年以外的 M37 疏散星团一样，英仙座双星团、仙后座内的天体和冬季星座御夫座，都集中在银河系的英仙臂上。此外，在前文中我们已经介绍过了另一条旋臂，从我们所在的角度观测，它位于银河的边缘，人马臂的对面。

在仙女座的南边，我们可以看到三角座，它因三角座星系的存在而变得亮眼。这是一个位于 270 万光年以外的螺旋星系，也是本星系群的第三位成员。每当有人抱怨天上的星座名字和它们所代表的星图并不相似时，三角座的存在就会使得抱怨者哑口无言，让他们看看组成这个星座的三颗恒星吧，这是一个毋庸置疑的三角形！

坐落在以上几个星座以南的，是黄道带上的宝瓶座、双鱼座和白羊座。在宝瓶座区域中，有两个著名的行星状星云：螺旋星云和土星状星云，这个星云得名于它与土星环及其环带相似的外表。宝瓶座的两个最重要的恒星是危宿一和虚宿一，它们都是类型罕见的黄超巨星，位于 500—550 光年以外，体积是太阳的 50 倍，光度则是太阳的 2000—3000 倍。如果你们还记得的话，在前面我们也介绍过一颗类似的恒星——北极星。

让我们把目光投向南边。在地平线的低处，我们可以发现位于南鱼座的亮星北落师门。这是一颗与我们有着 25 光年距离的蓝白矮星，其大小和光度分别是太阳的 2 倍和 17 倍。在北落师门周围的尘埃圆盘中，人们曾拍摄到一个天体，关于它的性质仍未有定论，没有人能确切地说出，它究竟是一个星

---

① 天文学术语。指由银河系、仙女星系和三角座星系等 50 个星系共同组成的星系群体。

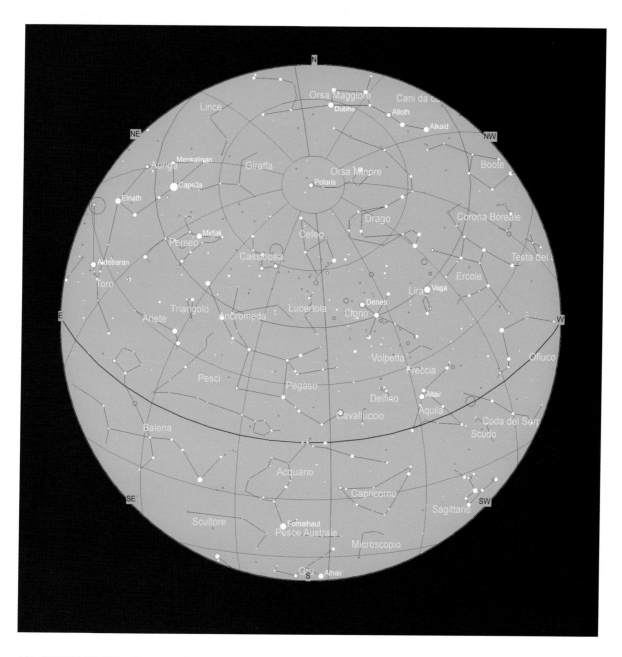

上图 该星座图为当地时间 10 月 30 日 21 点（钟表时间）在意大利中部的罗马观测到的天空。球体的边缘是地平线，在线上标注了基本方位点和地图的中心点，即垂直于我们头顶的位于蝎虎座的天顶。加粗线段为天赤道，由于每个月天空都会"提前"2 小时，所以在 9 月 30 日 23 点观测到的天空与本图的天空是一样的。在这个计算中，需要注意从太阳时到法令时的转换，反之亦然。一般来说，本图所展示的天空是秋季夜晚观测到的天空。在这幅星座图中，与最接近地平线的天区所重合的边缘处失真最为严重。图片来源：意大利天文爱好者联盟。

球还是一个物质的堆积盘。往东，我们可以看到鲸鱼座，这是一个不太显眼的大型星座。在这个星座中，坐落着蒭藁增二，其拉丁语名称 ① 的意思是"惊人"：这是一颗位于 300 光年以外的红巨星，同时

———————————

① 蒭藁增二的拉丁语名是 Mira，所以也叫作米拉星。

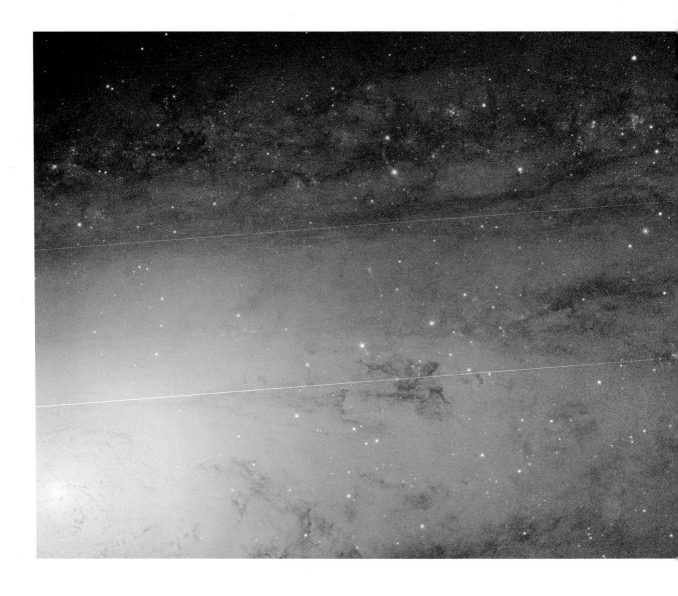

它也是一个脉动变星，其膨胀和收缩的周期不足两年，最亮和最暗时的亮度相差2000 倍（其星光中含有更多的可见光和红外光，在这两个波段中的亮度差是有限的）。只有当这颗变星达到最大亮度时，才能用肉眼看得到。此外，在鲸鱼座中还有一颗名气稍弱的恒星天仓五，它位于 12 光年以外的地方，是邻近太阳的恒星中和太阳最相似的一颗（其半径是太阳的 79%，光度是太阳的 52%），并且还拥有一个围绕着类太阳的天仓五的行星系统。在观测这一颗恒星的同时，发散一下我们的思维试想一下，当我们思考在这些星球上是否存在生命形式或者更高级的外星人时，它们也凝视着太阳，一颗在大角星不远处的中等亮度的，从它们的"地球"上观察正好位于蒭藁增二对面的恒星。那么，此时它们心里是否也思考着同样的问题。

天船三

大陵五

上图　英仙座及天船三和大陵五。图片来源:《星星:星际之旅》(保罗·卡尔奇德塞,Espress 出版社,2019)。

最后,让我们再来了解一下这只天上的鲸鱼。根据一个世纪前由天文学家划分的星座范围,鲸鱼座有很长一段与双鱼座相邻,甚至在某个点轻触经过双鱼座的黄道。这使得它几乎落到了黄道带上,在 3 月 27 日或 28 日,太阳的圆盘会在鲸鱼座停留几个小时。所以能否将它算作黄道星座呢?

太阳是真的经过了这个星座,抑或只是擦身而过? 我们可以大胆地说:这个答案无关紧要……星座只是想象的产物,它们的边界范围也只是随意划分得出的,为太阳会从哪个星座前经过而纠结是件毫无意义的事。

上图　位于同名星座中的三角座星系（M33）。图片来源：美国国家航空航天局，欧洲航天局 M. 德宾，J. 达尔坎顿，B.F. 威廉斯（华盛顿大学）。

安德洛墨达与海怪

在古希腊神话中，仙女座是王后仙后座和国王仙王座的女儿安德洛墨达的化身。王后总是不停地吹嘘自己女儿比海仙女涅瑞伊得斯更加漂亮。为了惩罚王后的傲慢，波塞冬派了一只海怪去摧毁她的王国，鲸鱼座就是那只海怪的化身。一位神使预言道，赶走这只海怪的唯一办法就是将安德洛墨达拴在海边的一块岩石上，并献给这只海怪。但是，随同海怪一起到来的还有提着装有美杜莎头颅的袋子的珀尔修斯。美杜莎曾经是位光彩动人的姑娘，却变成了能石化他人的怪物，于是珀尔修斯在没有直视她的面部的情况下割下了她的头颅；从美杜莎的断颈处还飞出了飞马珀伽索斯。珀尔修斯将美杜莎的头颅对准了怪物，让它变成了石头，并救下了安德洛墨达。

冬季星座

冬季是亮星最多的季节。其中包括：全天最亮的天狼星，和猎户座、金牛座这两个天上最壮观的星座。正如在古希腊神话中，化身为猎户座的俄里翁是最俊美的男子一样，猎户座也是夜空中最绚丽的星座。它是全天中拥有众多亮星的六个星座中最中间的一个，其他五个是大犬座、小犬座、双子座、御夫座和金牛座。银河依然是冬季夜空的主角，但相对于夏季的银河依旧暗淡了不少，这是因为此时我们所瞭望的不再是银河的中心，而是银河的边缘。猎户座是一个很容易辨认的星座，三颗亮度相似的恒星列

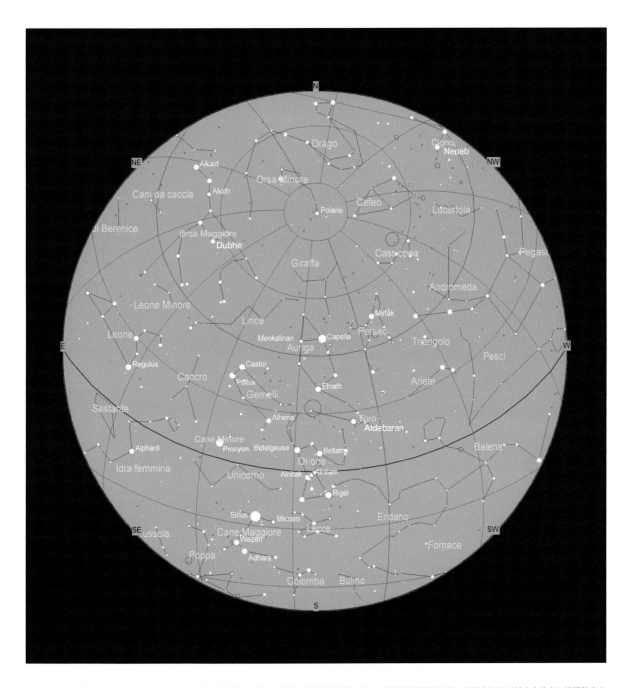

上图 该星座图为当地时间 1 月 30 日 21 点（钟表时间）在意大利中部的罗马观测到的天空。球体的边缘是地平线，在线上标注了基本方位点和地图的中心点，即垂直于我们头顶的位于御夫座五车二附近的天顶。加粗线段为天赤道，由于每个月天空都会"提前"2 小时，所以在 12 月 30 日 23 点观测到的天空与本图的天空是一样的。在这个计算中，需要注意从太阳时到法令时的转换，反之亦然。一般来说，本图所展示的天空是冬季夜晚观测到的天空。在这幅星座图中，与最接近地平线的天区所重合的边缘处失真最为严重。图片来源：意大利天文爱好者联盟。

成一排，共同组成了猎户座腰带，而周围组成了猎户座四边形的恒星，则分别构成星图中的肩膀和腿或脚。位于腰带下方的是猎户之剑，这是猎户座星云的所在位置，而其他稍微暗淡的恒星则形成了猎户座的头和肩膀。那么现在就让我们来了解一下组成这个四边形的恒星——最北边的是参宿四，一颗距离我

上图　大犬座。图片来源：乔万娜·拉诺托（意大利业余天文爱好者联盟）。

们 550—600 光年的红超巨星，其半径相当于太阳的 900 倍。参宿四的光度是太阳的 13 万倍，它已经是一颗高度演化的恒星，关于它将发生超新星爆炸的说法此起彼伏。这里"将"的含义与以往不同，如果说我们"将"吃晚饭，那就是 5 分钟或 10 分钟后的事。但对于"将"发生超新星爆炸的参宿四来说，那估计就是 10 万年甚至是 20 万年以后的事了。

　　和参宿四共同组成猎户座四边形的是参宿五，一颗距离我们 250 光年的大小和光度分别比太阳大 6 倍和高 10000 倍的恒星，位于参宿五的南边，四边形的西南角的是参宿七，猎户座的最亮星，也是全天排名第七的亮星。参宿七是一颗比太阳大 79 倍的蓝超巨星，它位于 860 光年以外，光度相当于 12 万个太阳所发出的光，但根据一些测量数据，它的距离应该更加遥远，大概在 1100 光年，它的光度高达太阳的 20 万倍。它与 3—4 颗较为暗淡的伴星一起组成了一个聚星系统。最后，在距离我们 650 光年的四边形东南部的端点处，可以观测到参宿六，它的体积是太阳的 22 倍，光度是太阳的 57000 倍。猎户座腰带上的三颗恒星是既明亮又遥远的。最西边（右边）的是参宿三，这是一个位于 1200 光年以外的聚星系统，它的主星是一颗温度极高的 O 型恒星，光度是太阳的 19 万倍，体积是太阳的 16 倍。在腰带上的另一个端点处，我们发现了 1260 光年以外的参宿一。它是一个三合星系统，同时也是一颗 O 型恒星，它的体积和光度分别是太阳的 20 倍和 25 万倍。如果这还不足以让你们感到吃惊的话，接

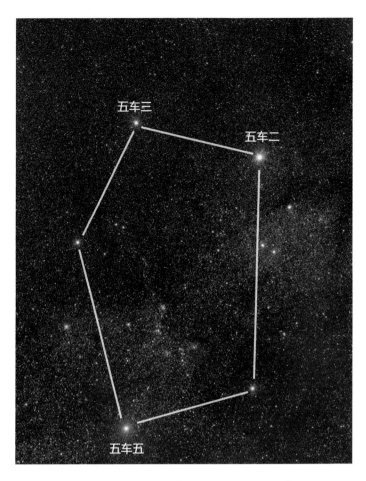

五车三

五车二

五车五

上图　御夫座。图片来源：达维德·特雷齐（意大利业余天文爱好者联盟）。

下来让我们去认识一下参宿二，腰带上中间的那颗恒星。据估算，它距离地球2000光年，体积为太阳的32倍，光度为54万倍，这是一颗非凡的恒星，它在一分钟内所释放出的能量相当于太阳一年释放的总和，甚至更高。据专家估计，其亮度可高达83万个太阳的总和。如果它与地球的距离相当于半人马座α和地球间的距离，那么我们就可以看到这颗高温恒星所辐射出的大量紫外线，然后就会发现它如月亮般耀眼。高亮度的恒星一般都与星云有关。事实上，光度高的恒星，质量也大，而且它们的寿命会比小质量恒星短，因为光度高就意味着自身的能量资源消耗快。一般情况下，它们的活动区域不会离出生地太远。事实上，在猎户座中存在一个星云复合体，其中最著名的是猎户座大星云（M42），这是一个中心区域肉眼勉强可见恒星形成区，它的距离为1350光年、宽度约25光年。在它之中含有由四颗年龄只有30万年的新生恒星组成的猎户座四边形，这四颗新生恒星是星云亮光的主要来源。

　　冬季的天空可不只有猎户座。在它附近的大犬座中便闪烁着古时候被称作"犬星"的天狼星。这是一颗白蓝矮星，体积和光度分别是太阳的2倍和25倍，距地球仅有8.6光年。它是附近恒星中最亮的一颗，也是全天最亮的恒星。冬夜，在天狼星以南至地平线低处，可以发现一个由数颗恒星形成的三角形。这些星星同天狼星一样，都是明亮且遥远的。它们的美名分别是：弧矢一、弧矢七、弧矢二。第一颗是弧矢一，它是一颗罕见的黄超巨星，距离我们1600光年，体积是太阳的215倍，光度是太阳的82000倍；第二颗是弧矢七，它是一颗在430光年以外的蓝巨星，比太阳大14倍，亮39000倍；第三颗是蓝超巨星弧矢二，它远在2000光年以外，所发出的亮度相当于10.5万个太阳，体积是太阳的56倍。这个三角形魅力十足，是万籁俱寂的冬夜中一处妙不可言的景色……

　　拥有数颗耀眼恒星的猎户座和大犬座无疑是全天中最令人神往的两个天区，而此刻我们已经完成了对它们的探索。现在，让我们把目光投向小犬座。它的主星是全天第八亮星南河三，它可以指引我们找

猎户座与天蝎座

在古希腊神话中，猎户座的原型是一位身材高大的猎人，他带着猎犬居住在希俄斯岛上，终日以猎杀野兔为生。一天，在打猎途中，他吹嘘自己可以猎杀任何动物，于是大地女神盖亚生气了，派出了地里的一只蝎子，蜇死了猎人。随后，伴着猎人一道升上天空的还有他的猎犬，即大犬座和小犬座；而野兔也被放置在大犬座以西的地方，由于地球的自转，它始终无法摆脱猎犬的追逐。被升上天空的还有位于南天球的天蝎座（夏季星座），往事历历在目，这两个星座永远都不会相见了。然而，命运注定让全天最明亮的两颗红超巨星参宿四和心宿二恰恰分别属于这两个星座。

到回家的路。实际上，这是一颗位于 11 光年以外的白黄色邻近恒星，它的体积为太阳的 2 倍，光度为太阳的 7 倍。也许会有人有这么一个疑问，为什么这只浣熊①会被安置到一只大犬中呢？其实和浣熊无关，这颗恒星的名字来源于希腊语，意思为"在犬的前面"，因为它不仅位于天狼星的前面，而且还比天狼星更早升起。

在小犬座的北边，我们看到的是双子座。它的两颗主星是北河二和北河三（最亮星），在希腊 – 罗马文化中，它们被称作狄奥斯库洛伊兄弟②。

这两颗恒星并非双生，而且大有不同！首先，在距离上的不同，北河二是 51 光年，北河三是 34 光年；其次，北河三是一颗单星，而北河二则是一颗六合星，北河三是一颗巨星（比太阳大 9 倍，是距离太阳系最近的巨星），而北河二的所有成员都是矮星；再次，北河三是一颗温度相对较低的冷星（K 型），而北河二的主要成员都是热星（A 型）；最后，在北河三的周围环绕着一颗比木星质量更大的行星。

让我们离开双子座，来到御夫座。五边形的外形使得它十分容易辨认，其中最明亮的端点是璀璨夺目的五车二，同时它也是全天第六亮星。在拉丁语中，它的名字的意思是"小山羊"，是养育幼年宙斯的母羊阿马尔蒂亚的化身。这是一个离太阳 43 光年远的由两对双星组成的四合星系统：分别是两颗明亮的黄巨星和两颗暗淡的红矮星。另一个端点是在 81 光年以外的五车三，它和北冕座的贯索四一样，都被认为是大熊座移动星群中的外围恒星。在御夫座五边形中，亮度第二的端点是五车五，实际上这颗恒星属于附近的金牛座。金牛座的最亮星是橙红巨星毕宿五，其大小为太阳的 44 倍，光度为 440 倍，距离我们 65 光年。它的质量与太阳相似，因此在它身上能看到太阳的未来，50 亿年后太阳将会演化成一颗和它一样的巨星。毕宿五（Aldebaran）③这一雅称来自阿拉伯语，意思是"追随者"。由于地球的自转，在天空中，毕宿五好似一直追随着天空中大名鼎鼎的疏散星团昴星团

---

① 南河三（Procione）在意大利语是浣熊的意思。

② 根据古希腊罗马神话，狄奥斯库洛伊兄弟是宙斯和勒达的孪生子。

③ 毕宿五的西方名称为：Aldebaran，源自阿拉伯语的 al Dabarān。

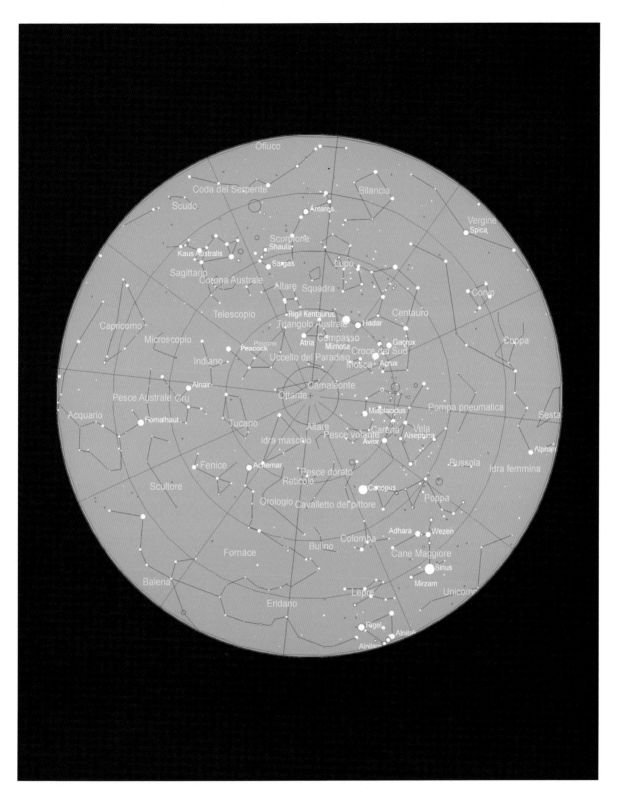

上图 以上是一张以南天极为中心的南天球星座图。天球的边缘与天赤道重合，并标示出了逐渐缩小为同心圆的赤纬圈 δ = -20°，-40°，-60° 和 -80°。最靠近南天极的星座是南天拱极星座。该星座图的边缘失真十分严重，而中部失真则较小，所以星座图中所展示的拱极星座是较为准确的，而那些越接近天赤道的星座则越失真。图片来源：意大利天文爱好者联盟。

上图 位于金牛座的蟹状星云（M1），本图由欧洲南方天文台拉西拉天文台拍摄。图片来源：欧洲南方天文台／马努·梅希亚斯。

（M45）。这是一个位于金牛座的肉眼清晰可见的星团，顾名思义它是由一簇恒星组成的。昴星团的年龄是 1 亿岁，和其他疏散星团一样，它们终将沿着各自的轨道分散成单颗恒星（据计算表明，在此前，它将以星团的形式继续存在 2 亿—3 亿年）。尽管从外观来看昴星团十分紧凑，但它在视线中延伸得很长远，在昴星团中，坐落着距离我们 380 光年的昴宿四、昴宿五，还有距离为 440 光年的最亮星昴宿六。如果从侧面观察这个星团，它会显得更加分散。在金牛座中，还有疏散星团毕星团，它在天空上的位置与毕宿五相近，但它与地球之间的距离是毕宿五的 2 倍，即 150 光年。接下来，进入望远镜中的是蟹状星云（M1），该星云坐落在英仙臂上，距离地球约 6500 光年，是在 1054 年所观测到的超新星爆发的遗迹。

在结束这趟冬季夜空之旅前，还有几个值得我们关注的星座：第一个是巨蟹座，在这个星座中含有一个位于 610 光年以外的肉眼可见的疏散星团鬼星团（M44）；第二个是波江座，这是一条象征着世间几条真实存在的河流的天河，其中包括意大利的波河[①]；第三个是天兔座，它的主星是位于 2200 光年以外的白超巨星厕一，其体积为太阳的 130 倍，光度为太阳的 39000 倍；第四个是麒麟座，尽管在该星座内缺少亮星，但它拥有极其美丽的星云，比如距离地球 5200 光年的玫瑰星云和 2600 光年的圣诞树星团中的锥状星云。

---

① 波河（il Po），意大利境内最长的河流，全长约为 652 千米。

上图　杜鹃座 47 球状星团，本图由欧洲南方天文台帕拉纳尔天文台拍摄。图片来源：欧洲南方天文台 /M.R. 乔尼 /VISTA 麦哲伦星云调查；致谢：剑桥天文调查组。

南天拱极星座

那些位于南半球纬度较高地区的星座是我们无法观测到的，但对于南半球中纬度地区的居民来说，这些星座都是拱极星座。所以，要完成这次对天空的简短介绍，就不能遗漏这些星座。以下是一些最为壮观的天体，其中包括全天第二和第三亮星，它们分别是：位于船底座的老人星，这是一颗光度为太阳 10700 倍的距离地球 310 光年的巨星；南门二（半人马座 α），距离地球 4.37 光年，与最接近太阳系的恒星系统比邻星一起组成双星。半人马座是最绚丽的星座之一，它和猎户座一样，都拥有比一等星更亮的恒星，但不同的是，它所拥有的是两颗，即南门二（半人马座 α）和马腹一。在半人马座附近，我们可以找到著名的南十字座，以及该星座中的十字架二和十字架三。十字架二位于 320 光年以外，在望远镜中，它是由两颗蓝色恒星组成的美丽的双星，但实际上这是一个三合星系统（也可能是四合星）。其中最耀眼的那颗恒星的光度相当于 25000 个太阳。在这颗恒星的附近，有一个肉眼就能观测到的银河中的一个小黑点——煤袋暗星云。这是一个大型尘埃星云，宽度约为 500 光年，距离约为 600 光年。在天空中的南边，还闪耀着一颗璀璨的恒星水委一，这颗恒星位于波江座的最南端，距离我们 140 光年。

除了上述的这些恒星外，在天空中的最南方，还坐落着大小麦哲伦云。这两个肉眼可见的"星云"其实是银河系的伴星系，当在讨论在银河系周围的星系时，也会被归为矮星系。它们与我们分别有着 16 万光年和 20 万光年的距离。最著名的天体还包括两个肉眼可见的全天最亮的球状星团：半人马座 ω 球状星团和杜鹃座 47 球状星团。位于 16000—17000 光年以外的半人马座 ω 球状星团，是一个由约 1000 万颗恒星组成的星团，也是银河系中在体积和质量方面都名列首位的球状星团。

天空中的一对蝴蝶结

这是出现在欧洲南方天文台甚大望远镜之间的麦哲伦云。大麦哲伦云也被称作大麦哲伦星系，是介于旋涡矮星系和不规则星系之间的一种星系；而小麦哲伦云则是一个不规则矮星系。大麦哲伦云是本星系群中的第四大星系，仅次于仙女星系、银河系和三角星系。图片来源：欧洲南方天文台 /Y. 贝莱茨基。

放眼天际

阿米地奥·巴尔比

这一切都始于我们的一位祖先，一天夜里，他昂首望天，那些漫天闪耀的小光点使他感到好奇。人们常说，天文学是最古老的科学，这一点毋庸置疑。仰望星空，探究其中的规律，发展观测组织以寻找相应的逻辑和原因，推测天地间的联系。观星活动一直伴随着人类发展，在各种文化中我们都能找到与之相关的陈迹与证明，甚至早在有书面记录之前它就已经存在。据研究，在旧石器时代的岩石壁画中也可以找到关于星空的描绘。

几千年来，人们一直都是用肉眼去观测天空。因此，即使在天气极佳的情况下，人们能观测到的也只有几个星球和几千颗恒星。然而，就在四个世纪前，伽利略率先使用望远镜来观测天空。他恍然大悟，原来天空中真实存在的恒星远不止我们肉眼所见的那些。不仅是恒星，还有围绕木星旋转的小天体。本就庞大的宇宙，在一夜之间，不仅变得浩瀚无穷，而且充满奥秘。

自此，天文学的历史由不断推陈出新的观测仪器写就。每一台新望远镜都曾揭示过其时不为人知的宇宙的各方各面，包括许多的行星、恒星和星云。此外，在某个时候，人们了解到，肉眼可见光只是从空中随时抵达地球的各种信息的光谱的一小部分。宇宙逐渐地展现在各种类型的电磁辐射中，红外线、紫外线、无线电波，甚至是能量极高的 X 射线和伽马射线。这种视野的拓展向我们还原了一个更加清晰、完整，同时也更为复杂的宇宙形象。

显然，观测仪器的革新从未停止。就在几年前，我们的观测仪器中又迎来了一个新成员——引力波研究，它使得我们可以探寻过去未知的领域。此外，詹姆斯·韦布空间望远镜被发射至太空，继承哈勃空间望远镜的研究；庞大的地基望远镜也已经开始建造，它们将是人类未来几十年中最强大的眼睛。

尽管我们的宇宙探测已经深入到了最遥远的地方，但仍有许多方面是无法精准聚焦的。此外，对于那些与宇宙起源时间相近的黑暗时代，我们只掌握了极少的信息，近乎一无所知。而对于那些隐藏在星系中心和黑洞附近的事情，我们也仍未完全理解。我们发现了一直希望能更深入了解的恒星周围的行星，这样了解它们的大气成分，甚至探测它们的表面。宇宙从未停止给我们惊喜，我们唯一能做的就是沿着由远古祖先在数万年前开辟的道路上继续前进，保持好奇之心，将目光投向我们所能观测到的尽头，在无涯的学海中不断探索地平线。

阿米地奥·巴尔比

天体物理学家，罗马第二大学副教授。研究兴趣广泛，从宇宙学到地外生命探索均有涉猎。出版科学著作逾百部（篇），是国际天文学联合会、基础问题研究所、国际宇航科学院 SETI 常务委员会与意大利天体生物学学会科学委员会等多家机构成员。在科普方面，多年来为意大利《科学》月刊撰写专栏，参与过相关广播和电视节目制作，在包括意大利《共和报》和《邮报》在内的多家报纸和期刊上发表过文章。出版多部书籍，其科普哲理漫画《宇宙连环画》（Codice 出版社，2013 年）被翻译成四种语言。2015 年，凭借作品《寻找奇迹的人》（Rizzoli 出版社，2014 年）获意大利国家科普奖。最近一部作品为《最后的地平线》（UTET 出版社，2019 年）。

作者介绍

詹卢卡·兰齐尼

在少年时参观米兰天文馆后对天文学产生兴趣，毕业于天体物理学专业，论文涉及太阳系外行星。毕业后，他在该天文馆担任了几年的科学负责人。随后，他转行从事科学新闻工作，加入《焦点》月刊的编辑部，现在是该杂志的副主编。他已经出版了十几本普及读物，包括与玛格丽塔·哈克合作的《一切始于恒星》和《令人生畏的恒星》以及最近的《为什么他们说地球是平的》，后者的内容涉及地平说和科学方面的假新闻现象。但他并没有忘记行星的世界。2009 年，他创立了意大利行星协会，自 2012 年起担任该协会主席。

达维德·塞纳德利

生于 1969 年，他在小时候的一个冬日傍晚拿着星图站在阳台上试图辨别猎户座，从此便迷恋上了天文学。当时他确信自己永远不会找到那个星座，结果马上便看到了它，从那个夜晚开始他就再没有停止过对天空的观察。他毕业于物理学专业，并获得了天文学史专业的博士学位。他目前在瓦莱达奥斯塔天文台工作，致力于科学研究和教育科普工作，特别是系外行星领域。他在国际期刊上独自或与人合作发表过许多科学类文章，出版过数本天文学书籍，并同杂志、百科全书和教科书进行合作。他还与米兰天文馆合作，并担任国家地理系列《宇宙地图集》的科学校对员。除此之外，他还是都灵基金会和都灵储蓄银行合作开展的 Diderot 项目中恒星天体物理学教学工作的负责人。他喜欢一切五彩缤纷的东西，不仅是行星、恒星和星云，还有现代绘画、秋天和风景摄影。

出 品 人：许　永
出版统筹：海　云
责任编辑：王庆芳
　　　　　方楚君
　　　　　杨言妮
责任技编：吴彦斌
　　　　　周星奎
特约编审：单蕾蕾
特邀编辑：邢伊丹
装帧设计：张传营
印制总监：蒋　波
发行总监：田峰峥

发　　行：北京创美汇品图书有限公司
发行热线：010-59799930
投稿信箱：cmsdbj@163.com

官方微博

微信公众号

小美读书会
公众号

小美读书会
读者群

现代天体物理学

L'ASTROFISICA MODERNA

宇宙的奥秘

[意] 詹卢卡·兰齐尼—主编

[意] 马西米利亚诺·拉扎诺
—著

李晓东
—译

SPM
南方传媒 | 广东人民出版社

馔

[意] 詹卢卡 · 兰齐尼

意大利行星协会主席,《焦点》月刊副主编,曾任米兰天文馆科学负责人,出版 10 余部科普著作,其中包括《一切始于恒星》《令人生畏的恒星》《为什么他们说地球是平的》等。

[意] 马西米利亚诺 · 拉扎诺

物理学博士,比萨大学副教授,主要研究引力波物理学和高能天体物理学,现任室女座引力波天文台和费米伽马射线卫星大视场望远镜合作项目研究员,主要研究方向为宇宙中的极端天体,包括中子星和黑洞。同时,他还是一名科学记者,拥有费拉拉大学的新闻和科学传播硕士学位,多年来一直与包括《科学》和《共和报》在内的杂志报纸合作。